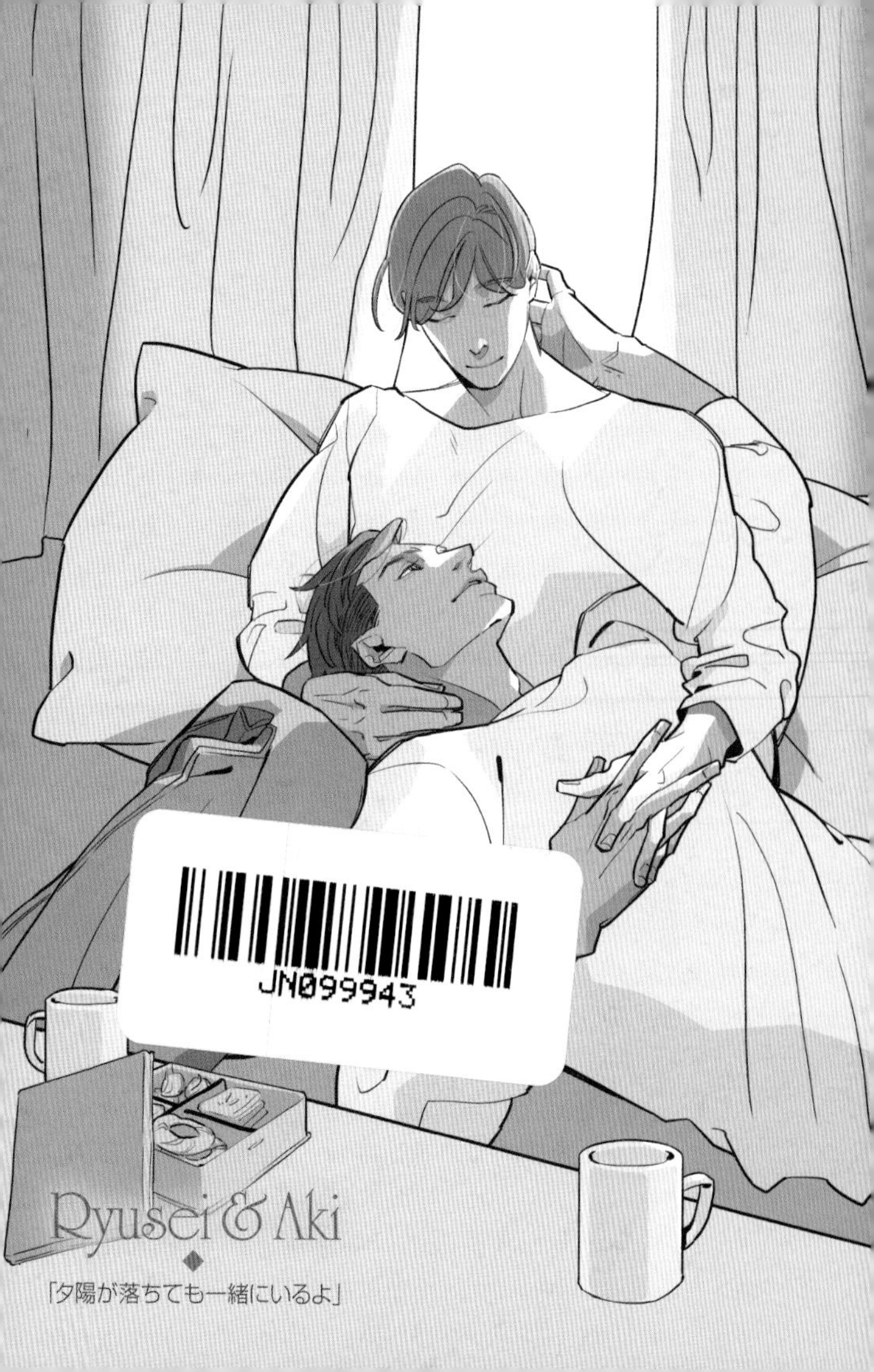
Ryusei & Aki
「夕陽が落ちても一緒にいるよ」

Chara

夕陽が落ちても一緒にいるよ

中原一也

キャラ文庫

この作品はフィクションです。
実在の人物・団体・事件などにはいっさい関係ありません。

目次

夕陽が落ちても一緒にいるよ

口絵・本文イラスト／ミドリノエバ

1

酒の匂いが連れてくるのはいいことではない、とアキは知っていた。

むんとするそれが放つのは不快な空気だけではなく、痛いこと、怖いことの前触れで無意識に身構えてしまう。畳を踏みしめる父の足音が乱暴な時は、程度がひどくなる予感しかなかった。苛立《いらだ》った扉の音に、これから何が起きるのか想像して身が竦《すく》んでしまう。

大きな音は、怖い。低く太い声も。その先にあるものが何か、本能に叩《たた》き込まれている。

おいっ、と呼ばれると、アキは父に言われるままコップに水道水を汲《く》んで持っていった。三日ぶりに帰ってきた父がそれを飲み干すのを見ていることしかできない。

「ナツはどこだ?」

「えっと……お兄ちゃんは出かけたきり戻ってない」

「ったく、どこほっつき歩いてるんだ」

父はぶつぶつと文句を言いながらテレビをつけ、畳に横になった。午後四時台は情報番組か子供向けアニメばかりで、不満そうにしている。しばらくすると、舟をこぎ始めた。深い眠りが父を連れていってくれるのを、じっと待つ。いびきは安全の暗示だ。

「お父さん、風邪引くよ?」

声をかけたが返事はなく、ようやく躰《からだ》から力を抜いた。

毛布をかけてやるのは、父の機嫌を取るためだ。己の身を護《まも》る手段に過ぎず、アキは自分を汚い心を持った子供だといつも思う。

それでも平手で打たれずに済むと思うと安心できた。先週は勢いあまって頭をぶつけた。ようやく痛みが取れてきたところだが、神様は意地悪で、気を抜いた時を狙って父の機嫌を損なう。それは台所の電球が切れるとか、テレビでコメンテーターが気に喰《く》わないことを言うだとか、アキの与《あずか》り知らぬところで起きる天災のようなものだ。

その時、窓のほうでコツン、と物音がした。父を起こさないよう窓を開けると、雑草の生えた空き地にノートと筆箱を持った少年が立っている。クラスメイトの町田流星《まちだりゅうせい》だ。

アキの父親は流星を快く思っておらず、『いいとこの坊ちゃん』と言って、卑屈な笑みを浮かべるのが常だった。だからチャイムは鳴らさず、こうして小石を部屋の壁に当ててアキを呼ぶ。

そこで待ってて、とジェスチャーすると、勉強道具をリュックに入れ、足音を忍ばせて外に出た。アキの姿を見た流星は、嬉《うれ》しそうに右手を挙げる。

「よ、アキ。宿題やった?」

「まだ。一緒にやるつもりだったんだろ？　だから持ってきた」

流星とは、小学校に入学した時に同じクラスになってからずっと縁が続いている。五年生になった今も時折アパートに来て、持ってきたおやつを食べようだの一緒に宿題をしようだの、何かと誘ってくるのだ。

「うちからジュースくすねてきたから、あとで一緒に飲もうぜ」

クラスでも人気者の彼が、なぜ自分に構うのかアキにはよくわからない。

流星は子供にしてはしっかりとした顔立ちで、意志の強ささえ浮かんでいた。その造形は他のどのクラスメイトにも見られない、特別な感じがした。

キリリとした眉も、はっきりとした二重も、すっと通った鼻筋も、きっと結ばれた唇も、大人にはほど遠いのに子供のそれとも違う。神様が気まぐれに時間をかけて作ってみた、といった印象を受けるのだ。そこに気負いはないが、少しの違いが重なって生み出される人知の及ばぬ美しさを、アキはこの友人にいつも感じていた。

生まれながらに手にしたものを、ためらうことなく見せつける無頓着さとともに。

「どうせ家事とかしてたんだろ？　親にやってもらえばいいのに」

「洗濯機回して干すだけだし、食器も少ないから洗い物もすぐ終わるよ」

「そんなの子供がすることじゃないだろ」

「でも、やらないとお父さんの機嫌が悪くなるんだ」

その言葉に、流星は明確な意志をもって眉根を寄せた。理解できないことをアキが口にすると、わざとこんな顔をしてみせる。

「機嫌が悪いのはいつもだろ。俺のことも嫌ってるしな」

「そんなことない……と思う」

「嘘《うそ》つけ。ま、アキが俺を嫌ってなきゃ別にそれでいいんだけどな」

「嫌ってないよ」

「知ってる～」

サラリとこんなことが言える流星に、戸惑いと憧れを抱かずにはいられない。

大きな家に住んでいる流星はいつもクラスの中心にいて、誰もが彼の言動を注視していた。皆の意見が割れても、彼のひとことで落ち着きを取り戻して話し合う。険悪な空気の時ですら、クラスメイトは流星に促されると同じほうを向くのだ。

きっと彼には特別な魔法がかかっているのだと思う。

大海原に出る船に設置された羅針盤のように、ただ一点を指し示す潔さが彼にはあった。迷いなく目指す先には、確かな光がある。彼の言うとおりにすれば、目的地に到達できるという安心感をいつも抱いた。

船が傾いても水平を保つ仕組みになっているそれは、流星そのものだ。

カリスマ性なんて言葉をまだ知らないアキには、彼を表現する他の言葉が見つからない。その日も、合唱コンクールで何を歌うか揉《も》めるクラスメイトをまとめたのは流星だった。

「あ、そうだ。祖父《じい》ちゃんが持ってる別荘なんだけどさ、とうとう鍵ゲットしたんだ。今度行こうぜ。自分で壁塗ったり家の中を改装したりしてるんだ。地下室もあるんだぜ？」

「でも遠いんでしょ？」

「大丈夫だって。電車とバスで行ける。時間はかかるけど」

電車代などあるはずもなかった。その日食べるものですら十分に与えられないのだ。父の機嫌がいい時に置いていかれる金でなんとかやりくりしていくので精一杯だ。

給食は命綱だった。連休が来ると、いつも腹を空《す》かせていた。ゴミ箱を漁《あさ》り、捨てられた弁当を拾って食べたこともある。

「僕、お金ないよ」

「いいって、俺がためた小遣いがあるから。その代わり、おにぎり作るの手伝えよ。ていうか、俺が手伝うほうになると思うけど。今度の休みさ、親二人ともいないからキッチン使える」

「うん、わかった。でもおにぎりでいいの？」

「おにぎりがいいんだよ。うちのお母さんさ、作ってくれないんだ。外で弁当とか食べるのも嫌がるし。夏休みもいちいち家に戻って食卓につきなさいってうるさかった。手摑《てづか》みするから美味《おい》しいのにな」

日が傾きかけた街の風景を眺めながら、次の休みの計画を練る。それが終わると、ベンチで算数の宿題を始めた。洗い物や洗濯など家の雑用に追われているアキの成績はよくなかったが、流星に聞けばヒントをくれる。

落ちこぼれずについていけているのは、その助けによるところが大きい。

「あ」

「どうしたの、流星」

何かに気づいた声につられて顔を上げると、彼の視線の先には横断歩道で立ち往生する老婦人の姿があった。手押し車の車輪に何かが絡まっているらしい。流星はすぐさま駆けつけた。慌てて追いかける。

信号のない横断歩道は危険で、反対車線をトラックが通りすぎていく。

アキが老婦人の手を引いて横断歩道を渡り、その間に流星が手押し車を運んだ。安全な場所まで移動すると、彼女は二人に向かって深々と頭をさげる。

「あなたたちとっても親切ね。ありがとう。お婆《ばあ》ちゃん助かったわ」

「でもまだ少し絡まってます。全部取らないとまた動かなくなりますよ」

二人はしゃがみ込んで手押し車のタイヤを覗《のぞ》き込んだ。

「なんだこれ」

それは梱包《こんぽう》用の裂けるビニール紐《ひも》で、細く裂けて複雑に絡み合っていた。二人で悪戦苦闘して全部取り除くと、流星は最後にちゃんと動くか確認する。

「完璧です。これならもう大丈夫」

「あらまぁ、本当にありがとう。これで安心して帰れるわね」

彼女は手押し車の荷物を開け、スーパーの袋からお菓子を出した。お礼と言われて流星はすぐに受け取ったが、アキは手を出せない。

流星を手伝っただけだ。それに、食べようと思って買ってきたのなら、自分のぶんがなくなるんじゃないかと心配になるのだ。

「どうしたの？　あなたもどうぞ。子供が遠慮するもんじゃないわよ。受け取って」

「あ、ありがとう……ございます」

「もうすぐ暗くなるから、あなたたちもおうちに帰るのよ」

「はーい」

公園に戻り、貰《もら》ったお菓子を二人でわけることにした。夕陽《ゆうひ》の色に染まるそこに他の子供の姿はない。風も少し冷たくなってきている。いつも誰かが遊んでいるブランコも無人だった。

流星といると時間が経《た》つのが早い。まだ暮れて欲しくないのに、あっという間に太陽は建物の向こうに消えてしまう。沈まないでくれと何度願っただろうか。

「いっぱい貰ったね。こんなにいいのかな？」

カレー味のせんべいとチョコレートでコーティングされた焼き菓子。フルーツのグミ。そして定番のポテトチップス。そんなつもりはなかっただけに、たくさんの菓子を前にすると、あまりの幸運に戸惑ってしまう。

「いいんだよ。それだけ嬉しかったってことだから」

「そっか。そうだよね」

素直に他人の好意を受け取る流星を見て、アキもようやく同じ気持ちになれた。屈託のないまっすぐな光が、アキには少し眩《まぶ》しい。

「ほら、わけようぜ」

彼から零《こぼ》れる幸運をひとつひとつ拾っていくような時間だった。海を越える彗星《すいせい》が残していく光の帯は、特定の誰かのためのものではない。見つけた者が手にしていいのだ。

流星と一緒にいると、自分のみすぼらしい日常が光に照らされる気がした。

彼がいるから、父親の暴力に怯《おび》える日々でも息ができる。明日、学校で彼と過ごす楽しい時間が待っていると思うと、厳しい折檻《せっかん》にも耐えられた。

また学校でな——いつも帰り際に送られる彼の言葉に、何度救われただろう。

流星がいなければ、とうに暗闇に閉じ込められていたに違いない。

「ポテチは半分ここで食べて、あとこっちの袋に入れてさ」

「カレー味と混ざらない?」

「それもいいんだよ。俺、スナック菓子とか時々混ぜてみる」

二人で食べるポテトチップスは、美味しかった。大きな袋に交互に手を突っ込み、指についた塩を舐《な》める。舌先に触れるしょっぱさを、アキは夏の味だと思った。流星と一緒に汗だくで走り回ったあとに舐めた唇の味に似ているからかもしれない。

「あ、見ろよアキ。夕陽の色が濃い」

流星の指差すほうを見ると、先ほどはまだ完全に姿を見せていた太陽の端っこがひときわ高い建物の先に触れたところだった。

「太陽って空の真ん中にいる時は動いて見えないのに、沈み始めると一気だな」

「そうだね」

「綺麗《きれい》だけどさ、終わりって感じがしてがっかりなんだよなぁ。俺はこのままずっとアキと遊んでたいのに」

消えていく夕陽に、自分と同じ気持ちを持っているのが嬉しかった。半分以上姿を消した夕陽を二人で眺める。

東の空では一番星が輝いていた。


俺はこのままずっとアキと遊んでたいのに。

声変わりする前の流星のソプラノが、楽しかった想《おも》い出《で》を彩っていた。

ハッとなり、職場の机で日誌を書いていたアキは、懐かしさに軽く笑みを浮かべた。子供の頃の夢を見るのは久しぶりだ。何年も経っているのに、その記憶は鮮明で今もこうして時折アキを和ませる。

窓の外に広がる一月の空は寒々としていて、立ち籠める灰色の雲のせいで全体がモノクロ写真のように感じた。敷地内の落葉樹は、押し黙って春を待っている。

「あの……小川《おがわ》さん、すみません、いいですか?」

後輩職員の呼びかけに、ノートを閉じた。困った顔の彼女を見て、何か壁にぶつかっているとすぐにわかる。

「どうかされましたか?」

小川アキは、二十五歳になっていた。

子供の頃から変わらず、自分の人生は地味だと思う。教室の隅っこにいるような子供は大人になってからも注目されることはなく、似た日々の中、えっちらおっちらと進んでいた。グループホーム『梅の園』に勤めて四年。介護職に飛び込んでからは、七年になる。

ヤングケアラーという言葉が浸透していない頃から父の世話と日々の家事に追われ、自分の将来など考える余裕のなかったアキが、数少ない選択肢から選んだ仕事だ。しかし、惰性で続けているわけではない。

自分を護る手段ではなく、相手を想ってケアすることは意味合いが大きく違った。

「入居者さんのことで相談が……。大変そうな時にすみません」

「え、大変って……そんな疲れた顔してますか？」

立ち上がり、窓ガラスに映った自分を覗き込む。

一重瞼《ひとえまぶた》を幼馴染《おさなな》み《じ》の流星は涼しげだと言うが、アキにしてみればあっさりしすぎていた。鼻が高いわけでも口元が凛々《りり》しく引き締まっているわけでもなく、全体的にぼんやりとした印象が拭えない。髪型も子供の頃から同じで、襟足を短くしただけのストレート。髪を染めたことすらない。

身長は一七二センチを超えた辺りで成長がとまった。子供の頃から栄養状態がいいとは言えなかった環境で育ったにしては、伸びたほうだと思っている。三つ年上の兄は、アキより五センチ以上低い。

「疲れたっていうより、朝から落ち着かない感じというか、今日は何か考え込まれてるなーって。さっきも物思いに耽《ふけ》ってたみたいですし」

「あ、すみません。さっきのは単に居眠りしてただけです」

照れながら言うと、笑顔が返ってくる。

「ならよかったです。あ、そういえば今日は一時間早く上がる予定って聞いてますけど、時間大丈夫ですか？」

「はい。区役所に手続きに行くだけだから、まだ余裕ですよ」

悩みを打ち明けやすいよう、軽く笑って隣の席に座るよう彼女を促す。

「で、何に困ってるんですか？」

「えっと……実は最近入居された武永《たけなが》さんですけど、私の言うこと全然聞いてくれなくて。ご飯もいらないって言うし、お願いしてもすぐに不機嫌になるから、どう接したらいいか」

詳しく聞くと、入浴や食事、レクリエーションなどどれもやりたがらないようで、いつも予定がずれるという。もともと時間に厳しい人だっただけに、早めに声をかけるよう心がけているが、なぜか不機嫌で最近はひとことも口を利いてくれなくなった。

「じゃあ俺も一緒に行きますね。武永さんのファイルを見せてもらっていいですか？」

アキは新しい入居者の情報ファイルを確認した。確かに何事にも時間厳守な人で、遅刻を絶対に許さないと書かれてある。注意事項は守っているのに、どうして上手《うま》くやれないのか。

原因のヒントになるものをファイルの中に捜し、職歴を見てピンときた。

「何かわかりましたか？」

「うん、多分だけど。ちょっと試してみますね」

二人で部屋まで行き、ドアをノックして開ける。中には枯れ枝のように痩せた老人がいた。まるで無実の罪で収監されたとでも言いたげに、不機嫌な顔でふり返る。

「なんだ？　何か用か？」

「校長先生、職員会議が始まります。みんな集まってますので、号令をお願いできますか？」

アキの言葉に、後輩職員は目を丸くしてなりゆきを見ている。

「校長先生がおいでにならないと会議が締まりませんから」

「そうか。仕方ないな。じゃあ行こうかの」

老人はゆっくりと立ち上がった。入居してから一度もレクリエーションに前向きだったことはない彼があっさり従ったのを見て、後輩職員は驚いている。

「そっか。職員会議ってことにすれば……」

「その人がどんな人生を送ってきたのかを知ったら、解決策が見えてきますよ。武永さんはずっと教員をやっておられたから、先生として接するのがいいみたいですね」

その時々で反応は変わるが、認知症の症状が出ている老人は過去に自分が一番充実していた時のことをよく覚えていて、当時の感覚のまま生きている人も少なくない。

「それからちょっと気になってたんですけど、武永さんを子供扱いしてないですか？」

思い当たる節があるようで、彼女は「あ……」と小さく言ってから、背中を丸めた。

「してるかもしれません。特にレクリエーションは子供相手みたいになってたかも」

陥りがちな対応だった。柔らかな対応を心がけるあまり、小さな子供相手のように接する人もいる。以前、赤ちゃん言葉を使って怒鳴られた職員がいた。

「自分でできることが少なくなっても俺たちの人生の先輩なわけだから、それは気をつけたほうがいいですね。気遣いが過ぎると、馬鹿にされたと感じる人もいますから」

そう助言をし、あとは任せる。彼女は言われたことをすぐに実行に移した。

「校長先生。みんなのお手本になるので、職員会議のあと生徒さんたちとのレクリエーションに加わっていただけないですか?」

彼女の誘いにも快く応じるのを確認し、安堵《あんど》する。こんなふうに問題が解決すると、やり甲斐《がい》を感じられた。息苦しさとともに生きる経験をしているからか、穏やかな気持ちで過ごせる日常がどれだけ貴重なのか知っている。

入居者たちにとって、ここが居心地のいい場所であって欲しい。

もう大丈夫だと確信したアキはその場を任せ、ネームプレートをスキャンして職員専用のロッカールームに向かった。そこには家庭裁判所から送られてきた書類が入っている。

手に取り、じっと眺めた。

「これでやっと手続きが終わるな」

母親のいない家の中心にいて、よく酒の匂いを漂わせていた父親は、アキが高校を卒業する直前に行方不明となった。数日帰らないのは日常茶飯事だったため当時はふらりと戻ってくると思っていたが、その予想は外れた。

一週間が過ぎて捜索願いを出したが、大人の失踪は事件性がない限り捜査されない。酒を飲んで暴れる父は近所の住人に通報されたこともあり、子供を捨てて出ていってても不思議ではないというのが、警察の見立てだった。社会人の兄もいたし、卒業と同時に介護施設で働くのが決まっていたおかげで生活に困りはしなかった。

アパートを出て一人暮らしを始める予定だったのが、白紙になっただけだ。

あれから七年。父が帰ってくる可能性を考えてそのままアパートに住み続けているが、このたび『失踪宣告申立て』の手続きをする決断をした。

きっかけは、流星だ。アキの家庭の事情にも詳しい彼とは今も友人関係が続いていて、失踪した家族の法律上の扱いについて教えてくれ、区切りをつけるよう勧めてくれた。

いつまでも一歩を踏み出せないアキに、勇気をくれたと言ってもいい。

「さ、行くか」

パタン、とロッカーの扉を閉じ、施設を出て区役所行きのバスに乗る。空いた席を探して座った。中は暖房が効いていて、コートを着たままだと汗ばむくらいだ。マフラーを取り、首元を大きく開ける。母親の横で退屈そうにしている子供と目が合った。

バイバイ。

手を振ると、満面の笑みが返ってくる。護られるべき者が持つ澄んだ瞳に、心が和んだ。

長い間、父に縛られていた気がする。

区役所に向かうバスに揺られながら、アキは父との生活を思い出していた。

不器用な人だった。

よく暴力を振るっていたが、泣いて詫《わ》びることもあった。なんとか人生を立て直そうとしても上手く行かず、むしろ悪いほうへ悪いほうへと転がっているのは子供心にわかっていた。建設業界の現場で働く父は、不景気の煽《あお》りをまともに受けた一人と言っていい。

幼少期はマシだった。六歳の時に病気で母を失ったアキだが、手を取り合って生きる相手がいたからだ。状況が悪化したのは高校に入学してからになる。

深い森を彷徨《さまよ》い歩いているようなアキとは違い、輝かしい未来に向かって力強い歩みを続ける流星とは高校で初めて別々の学校になった。しかし、時間さえあれば子供の頃のように石ころを壁にぶつけてアキを呼ぶ。

その存在がどれだけ心強かったことか。

ただ、父のアキに対する執着は異様さを増していて、彼の存在をもってしてもアキの苦しみは完全には払拭されなかった。あの三年間を思い出すと、今も息が苦しくなる。

暴力に耐えうる躰に成長していたが、ひどくなったのはむしろ精神的な圧迫だった。

父と二人きりの生活は息苦しくて、いつも酸素を求めていた気がする。

「アキ、どこに行ってた？」

その日も、帰宅と同時に詮索が始まった。灯《あか》りがついている部屋に帰るのは幸せだというイメージが一般的なのだろうが、アキは逆だった。自分で電気のスイッチを入れて部屋に入るほうが身構えずに済むぶん、安心して帰れる。

時折、暗い部屋に寝入った父がいることもあったが、起きていないだけマシだった。今日は日雇いで不定期に雇ってくれる建設会社の車が停《と》めてあったため、心の準備ができた。

「どこってアルバイトだよ。卒業間近で授業もすぐ終わるから、夜のシフト増やしたって先週言わなかったっけ？」

「そんなことは知ってるんだよ！　何が『言わなかったっけ？』だ！　馬鹿にするな！」

理不尽な怒りにビクッとした。無意識に拳から身を護ろうと身を縮こまらせる。

父は手を振り上げてすらいないのに。

直接の暴力がなくとも、大きな音を立ててドアを閉めたり使った食器を割れんばかりの勢いで運んだり、音で威嚇するのだ。電池が切れたテレビのリモコンに苛立って、壁に投げつけたこともあった。

アパートに壊れたものが増えていくにつれ、アキの心に蓄積してきた傷。

子供の頃からトラウマなのか、心臓が痛かった。

「なんだ、その目は」

「ごめん、父さん。ただ、大きな声が苦手なんだ。お願いだから怒鳴らないでよ」

「悪かった。そんな顔をするな」

めずらしく謝罪の言葉が出た父に、ホッと胸を撫《な》で下ろす。

「飯喰ったのか？」

「ううん、今から作るから少し待ってて。父さん、食べてないんだろ？」

「酒飲んだからつまみだけだな。飯粒が喰いたい」

「わかった。ご飯は冷凍のがあるから、すぐ用意するね」

夕飯の準備をしながら父の様子を窺《うかが》う。

言わなければ。

そう思うほど喉が渇いた。

高校を卒業したら、アパートを出ていく。兄のように独り立ちする。今日こそは伝えるのだと心に決めていた。流星にも一方的に約束した。

何度も先延ばしにしてきた自分を勇気づけるために彼に誓うのは、アキにとって至極自然なことだった。これまでに幾度となく助けてくれた友人に勇気を見せたい。

明日にセンター試験を控えた彼が今抱えているプレッシャーを想像すると、自分も立ち向かえるのではと思えてくるのだ。

「ねぇ、卒業したあとだけど……」

「なんだ？」

不機嫌そうに返事をされ、声が出なくなる。

怖かった。

「なんだ、早く言え」

タイミングを間違えたと思った。今日ではなかった。もっと機嫌のいい時があったはずだ。だが、一度切り出しておきながら「なんでもない」などと口にしたら、どんな目に遭わされるかわからない。思わせぶりな態度は、父の神経を逆撫でする。

それに誓ったのだ。流星に。まっすぐに突き進む彼に、今日父に伝えると誓った。

「そ、卒業したらさ、ここを出ようと思ってるんだ」

「なんだと？」

きつく目を閉じ、深く息を吸う。きっとスムーズにはいかない。そんな確信があった。それでもこの生活から抜け出して自分の人生を歩む。もう、囚《とら》われたままなのは嫌だった。

「だから一人暮らししようと思って」

「おいおい、そういう大事なことを勝手に決めるな」

「でも、就職も決まったし、大人だから」

父の目を見てそう言った瞬間、息を呑《の》んだ。

「お前もかっ！」

「父さ……、――っく！」

胸倉を摑まれ、きつく締め上げられて息ができなくなる。壁に押しつけられて、逃げ場を失った。このまま首を絞められるのではという恐怖に足が竦む。

「育ててやった恩を忘れやがって……っ！」

「わ、忘れて……な……、……ぁ……、……く……っ」

首を圧迫され、上手く言葉が出ない。頭に酸素が行き届かず、次第に顔に血が集まってきて、気が遠くなった。父の手に爪を立てたが、ビクともしない。

「やめ……、……父さん」

「お前も俺を捨てるんだろう！」

「ちが……っ、違うよ。……っく、捨てるだなんて……ただ、別々に暮らすだけ……っ」

「ナツもそう言って出ていったんだよ！　あいつはここに寄りつきもしないじゃねぇかっ！」

「……っ、……俺は……兄さん、とは……、──ゴホゴホ……ッ！」

いきなり解放され、激しく咳《せ》き込んだ。足りなかった酸素が供給されて、細胞ひとつひとつが競うようにそれを貪る。しかし、父はアキを許してくれたわけではなかった。

顔を上げた瞬間、拳が視界に飛び込んでくる。

「──ぐ……ッ！」

ダン、とカラーボックスが音を立てた。アキの躰を受けとめたそれは、子供の頃から何度も同じ役割を果たしている。

「ぐっ、──っく！　やめ……っ、──ぐぅ……っ」

全身が火のように熱かった。顔、腹。頭。滅茶苦茶に殴りかかってくる父の手から自分を護るには、身を固くして縮こまるくらいしかできない。しかし、何度も殴られていると武装はほどけて無防備になる。

激しい殴打に意識が遠のき、覚悟さえした。

殺される。流星、俺はこのまま父さんに殺される、と。

頭に浮かぶのは、明日の試験に備えて自室の机につく流星の姿だ。

彼は合格するだろう。大学に進学し、立派な仕事に就くはずだ。持ち前の正義感と理知的な判断で多くの人を助けるに違いない。

そんな流星を、子供の頃から一筋の光のようにアキを導いてくれた彼の揺るぎない歩みを、ずっと見ていたかった。

「お前もかっ、お前も俺を見捨てるのかっ！」

「父、さ……っ、お願……っ、ぐっ、ぐぅ……っ」

「俺を見捨てるんだろう！　俺から逃げる気だろうっ！」

涙で視界がぼやけ、意識が遠のいていく。

「逃がさないぞ、アキッ！」

「——っぐ、と……さ……、ぁう……っ」

もう自分を護る気力すらなかった。徐々に躰から力が抜けていく。

俺はこのまま死ぬだろうけど、流星がいた人生は幸せだったよ。

アキは生きることを諦め、顔を覆っていた手を下ろした。おかげで父の表情がよく見える。

血走った目でアキを凝視しているのがわかった。

狂気を纏《まと》った拳がいっそう高く振り上げられる。渾身《こんしん》の力が籠められたそれは、圧倒的支配力を持っていた。

それなのに、アキの命を握っている父の顔に浮かんでいたのは恐怖心だった。

「父さん……」

あの時の父の表情を思い出しながら、書類の入った封筒を撫でる。

暴力を振るわずにはいられない父も、苦しかったのだと思う。妻に先立たれ、男手ひとつで二人の子を育てていくプレッシャーもあっただろう。不況の波に流されながらもなんとか生活を立て直そうとし、上手くいかない日々に疲れていたのは確かだ。

自立した兄がアパートに近づかなくなったのが、父親としての自分を全否定されたように感じたのかもしれない。それは、父が時々見せる不安そうな顔からも想像できた。

暴力は弱さを隠すための、たったひとつの手段だったに違いない。

バスが区役所前に停まっていることに気づいて、慌てて席を立った。区役所に入ると、案内所に直行する。

「すみません、失踪宣告の手続きをしたいんですが。戸籍変更はどこでしたらいいですか？」

「区民課になります。六番窓口へどうぞ」

案内のとおりに窓口で番号札を取り、ソファーで順番を待つ。

一歩を踏み出す決心をしたはずなのに、『待て』と言わんばかりに痛みの記憶が蘇《よみがえ》ってきて、アキは無意識に右の頬に触れた。父が左利きだったせいで、殴られて腫れ上がるのは右の頬が多かった。躰が記憶している最後の痛みも、右だ。

あの日、あれほどの激情に駆られた父を踏みとどまらせたのは、なんだったのだろう。なぜ、我に返ったのだろう。振り上げられた拳は、アキの命を奪うのに十分だった。

答えはいまだ見つからないが、実を言うと、薄れる意識の中で流星を見た気もするのだ。狂気すら感じる拳がアキを襲わなかったのは、何かの介入があったからではないのかと。

あれは、夢だったのだろうか。いつも彼から零れる幸運を拾って生きていたから、死を覚悟するほどの暴力を前に、幻を見たのかもしれない。

気がついた時にはアパートには誰もおらず、父とはそれきりだ。

ポーン、と音が鳴り、電光掲示板に番号が記された。自分の番号札を見て窓口に向かう。

「失踪宣告ですね。えーっと、審判書謄本と確定証明書はご準備できてますか？」

「はい」

書類を封筒から出したが、そこで動きがとまった。

父は本当に自らの意志でいなくなったのか。はっきりさせないまま手続きをしていいのか。

殺される。流星、俺はこのまま父さんに殺される。

あの時の心の叫びは、本当に彼には届いていなかったのか。

前に確認した時、流星は知らないと言った。センター試験の前日でアパートに来るはずがないと納得したのに、なぜ今また思い出しているのだろう。

「どうされました？　書類に不備でもありましたか？」

「え、いえ。すみません、揃《そろ》ってます」

担当の声に我に返ると、迷いを断ち切るように書類を提出した。

2

手続きを終えたアキは、夕暮れの街並みを見ながら複雑なため息をついた。

戸籍に記載された『失踪宣告』の文字をじっと眺める。これで書類上は死亡と認められた。

高校を卒業する少し前、警察で行方不明の届けを出した時と似た感覚がある。父の身を案じながらも、このまま帰ってこなければ自由になれるという安堵《あんど》。いや、解放感と言ってもいい。

どこかホッとしている自分がいて、罪の意識を覚えた。子供の頃から、いつもこんな罪悪感を抱いていたように思う。

アパートに戻ると洗濯機を回した。いつもなら夕飯に何か作るところだが、今日は流星《りゅうせい》と飲みに行く約束だった。スマートフォンにメッセージが届いているのに気づく。

「あ、流星だ」

約束の時間は七時過ぎだったが、二時間前に八時にしてくれとチャットアプリで連絡が入った。さらに一時間前、八時半に変更された。

「相変わらず忙しいな。だから九時でいいって言ったのに」

こうなるだろうことは予想できていたため、九時でいいと返事をし、軽く仮眠を取ってから待ち合わせ場所に向かう。

街はこれからという顔をしていた。

若い男女が身を寄せ合いながら歩き、酒に酔った若者の集団が大声で笑っている。あんなに嫌いだった酒の匂いは、今はそう気にならなかった。アキも嗜《たしな》む程度には口にする。

しばらく待っていると、雑踏に流星を見つけた。

人混みの中にいても、すぐにわかる。目立つのだ。オーラがあると言ってもいい。何人かの女性が、ロングコートを着た流星にチラリと視線を向けていく。

スーツは男の戦闘服だ。

その奥に隠された大人の色香は、装備が厚ければ厚いほど匂い立ってくる。本人が無自覚なのも、その魅力に拍車をかけていた。

スーツなんて滅多に着ないアキにしてみれば、別世界の人といった感じだ。そんな彼が、子供の頃からずっと友人でいるのが不思議でならない。

「悪い、アキ。遅くなった」

「いいよ。どうせこうなると思ってたから。前もそうだったし」

「ほんとごめん。お詫《わ》びに奢《おご》るから」

「冗談だよ。俺も仕事が終わってすぐ駆けつけるよりいい。洗濯もしてきたし、慌ただしいの

苦手だから」

並んで歩くと、視線の位置が十センチ以上彼のほうが高いのがわかる。その横顔を、アキは見惚《みと》れるように眺めていた。顎からえら骨のラインが思いのほか男臭くて、視線を釘《くぎ》づけにされる。清潔感を保つために短く刈り込まれた首回りは、むしろ動物的な感情を掘り起こすだけだ。

促されるまま人混みを進み、路地へ入る。途端に雰囲気が変わった。穴場的な店が多い場所で、人通りもグッと少ない。

「お前も忙しいんだろ？　社会福祉士の国家資格取るんだよな。勉強進んでるのか？」

「流星ほどじゃないよ。勉強は始めたばかりだし、じっくり腰据えてやるつもりだから」

この仕事を選んだ頃は生きていくのがやっとだったが、今は違った。流星が放つ光に引っ張られるように、目標を掲げられるまでになった。暗闇に注がれる微《かす》かな光を頼りに、一歩一歩を踏みしめて歩いている。

流星の友人として相応《ふさわ》しい人間でありたいと願う気持ちが、原動力となっている。

「あ。そうだ、アキ。これやるよ」

手渡されたのはビスケットの箱だった。

「ありがとう。なんでいつもビスケットくれるの？」

「好きだろ？」

「うん、好き」

特に甘党というわけではないが、ビスケットだけは大人になった今も大好きだった。小麦粉と卵と牛乳、砂糖でできたシンプルなお菓子はほんのりと甘く、優しい。歌の影響かもしれない。ポケットに入れて叩《たた》くと増えるなんて子供には夢みたいな話で、貧しかった頃はそれをよく想像して楽しい気分になったものだ。

その時、ガチャンッ、と何かが激しくぶつかる音がした。水彩画のような思い出を目の前で破かれたみたいに　ビクッと反応する。

大きな音は苦手だ。特になんの前触れもなく聞かされるそれには、恐怖心を抱くことすらあった。いまだに躰《からだ》を硬直させてしまうのは、子供の頃に受けた暴力のせいだろうか。

大丈夫だ、とばかりに背中を軽く二回叩かれ、流星と目が合う。たったそれだけで、躰から力が抜けるのだから不思議だ。溺れ、もがいている手を摑《つか》んで引き揚げてくれる力強い手のように、アキを救ってくれる。酸素を送ってくれる。

「――事故だ」

現実に引き戻され、音のしたほうに走っていく流星に一足遅れてそちらに視線をやった。ロードバイクに乗った青年と女性が倒れていた。かなりのスピードで突っ込んだらしい。悲鳴をあげていないことから、後ろからだったとわかる。女性は気を失ったままだ。

「あの……っ、ちょっと待ってください！」

ロードバイクを起こして跨《また》がる青年を見て、逃げると直感した。

男をとめるべきか、救護に当たるべきか。

一瞬迷い、女性の傍《そば》に跪《ひざまず》いて声をかける流星に、倒れた女性がほとんど動いていないことに気づいて駆け寄る。

「意識ある?」

「いや。救急車呼んでくれ」

すぐに一一九番通報をした。動揺していたが、聞かれるまま質問に答える。その間に、流星は「頼む」とアキにジェスチャーして近くの店に入っていった。

壁がガラス張りになっており、壁際の席にいる女性二人組に話しかけているのが見える。何をしているのかわからないが、この場を離れるわけにもいかずに女性に声をかけ続けた。

そうしているうちに救急車が到着する。

「大丈夫ですかー?　聞こえますかー?」

救急隊員らが血圧を測ったり意識のレベルを確認したりしている間も傍に立ち、何か聞かれたらすぐ答えられるように待機していた。警察官も駆けつけ、路地は騒然となる。

「目撃されたかたは?」

「あ、はい。ぶつかった瞬間ではないんですけど、相手の人は見ました」

アキは名乗り出たが、質問されると記憶がはっきりしない。何歳くらいか、体格は、着ているものは、どんな自転車だったか。曖昧にしか答えられず申しわけなくなる。

「えっと……よく覚えてなくて。すみません」

不甲斐《ふがい》なく思っていると、流星が女性二人を連れて店から出てきた。自分も目撃したと言い、自ら情報を伝える。

「逃げたのは二十代後半くらいの男性です。細身で身長は一七〇センチくらい。ワイヤレスのイヤホンをしてたと思います。立ち去る前に耳に手を当てて何か探すような仕草をしてたから、もしかしたらその辺に落としていってるかもしれません」

特徴を事細かに覚えている流星を、アキは感心しながら見ていた。自分の記憶力ではこうはいかない。

「ロードバイクはドグラでした。フレームにローマ字で『DOGULAA』と入ってます。車体は黒で文字は白。タイヤは黒にオレンジのラインが入ってました」

「えっと、綴《つづ》りはD、O、G、U、L、A、A。で、黒にオレンジのライン、と……」

流星はさらに詳細な服装の情報を渡し、最後に店から連れ出した女性たちも情報を持っていると伝えた。

「動画ですか。助かります」

流星に声をかけられた女性の一人が、スマートフォンを警察官に見せる。

「ここんとこ。ちょっとだけ映ってるんです。このかたに言われて気づいたんですけど」

　店はかわいいパフェで有名らしく、二人で食べる動画を撮影していた。映像にはぶつかった瞬間が映っているようだ。暗いうえにそのままフレームアウトしたため、加害者の特徴まではわからずとも、相手がどんな危険な運転をしていたかは十分にわかるだろう。

「動画を撮影してること、よく気づきましたね」

「監視カメラの位置を確認してたら、彼女たちがスマホで自撮りしてたから、もしかしたら映り込んでないかと思って声をかけました」

　現場にいなかった警察官にはできないことだ。それを自然にやってしまう男の正体に興味を抱いた彼らは、流星が地方検事だと知ってすぐに納得した。

「なるほど。検察のかたでしたか。どうりで……」

「まだぺーぺーですが。お役に立てることがあれば、いつでも連絡ください」

　流星が警察官に名刺を差し出す。女性二人組の視線が、渡される白い紙に釘づけにされていた。こそこそと耳打ちし合うのを、アキは見逃さない。

　彼女たちがそれを欲しがるのも当然だ。


　居酒屋で乾杯ができたのは、予定より随分遅くなってからだった。

「お疲れ、大変だったな」

「うん、びっくりした。あの人ちゃんと意識取り戻したかな」

「ニュースに出るだろうから、あとでわかるさ」

　突き出しの小鉢を並べて「どっちがいい？」と聞かれ、餡《あん》のかかった豆腐ハンバーグを取る。流星は白身魚の餡かけだ。

　二人が通されたのは個室で、掘りごたつだった。照明は少し暗めで、落ち着いた雰囲気だった。贅沢《ぜいたく》な空間だが、意外にもメニュー表の値段は良心的な価格に設定されている。

「だけど流星の記憶力ってすごいね。俺、ほとんど覚えてなかった」

「大通りに出れば監視カメラはいくらでもあるから、調べれば逃げた男はどこかに映ってるよ。手間が省けたくらいだろ」

「それでも十分だよ。動画撮ってた人に気づいたのだって流星だからだろ。俺じゃ無理」

「なんだよ、俺がかっこよかったからって拗《す》ねるな」

　言いながら流星はネクタイを緩める。

　武装を解くと、隠していたものが一気に流れ出した。それは圧《お》し殺《ころ》していた色香だったり普段は作らない隙だったりする。気を許した相手にしか見せない一面を一人独占するのは、どこか誇らしくあったし、嬉《うれ》しくもあった。

「拗ねてないよ。それに自分でかっこよかったとか普通言うか？」

「お前の憧れの眼差《まなざ》しがくすぐったかったよ」

当たっているだけに言い返す言葉が見つからない。ただ慌てるだけの自分とは違って、先ほどの流星は現場を掌握していた。

捜査の指揮を執っているのかと思うほど、無駄なく、短時間で、有力な情報を集めた。

「女の子たちが名刺欲しがってたよ。ついでに渡しとけばよかったのに。そういうところから出会いが見つかるんだよ」

「馬鹿言え。俺は自分の職業をナンパには使わないんだよ。そんな必要もないからな」

「なんだよその自信。憎たらしいな」

理不尽なアキの文句も、流星は軽く笑って受け流す。

父親が裁判官ということもあってか、子供の頃から法曹関係の仕事に就くと言っていた彼は、二年前に検事になった。二十三歳の若さでだ。

在学中に予備試験を受けて司法試験の受験資格を得て、大学四年の七月に合格している。法科大学院で勉強しながら資格を取る方法もあるが、最短ルートを選んだ。

約一年に及ぶ司法修習で実務を学び、『二回試験』の関門を突破したあと東京《とうきょう》地方検察庁に配属されたのだが、多忙な毎日を送っているようで、こうして会うのは久しぶりだ。アキも介護施設で働いているためシフト次第なのだが、人手不足でいつも時間に追われている。

「お待たせしました。焼き鳥の盛り合わせと海鮮サラダです」

料理が運ばれてきた。さっそく手をつける。

「わ。鶏《とり》レバー、ぷりっぷりだ」

「だろ？　火の通りかたが絶妙なんだよ。レアかよってくらい柔らかい」

甘辛いタレがたっぷりと絡んでいて、濃厚なレバーとの相性は抜群だ。新鮮だからか臭みもなく、蕩《とろ》けるそれは口の中に入れるとあっという間になくなる。

「うー、美味《おい》しい。あとでもう一回頼もう」

四つ身やオクラ巻きなど、どれも一般的なメニューだが、クオリティが高かった。これが他の店と変わらない値段だなんてお得な気分だ。

「腹減ってたから余計旨《うま》いな」

「うん。あー、この豚バラも美味しいな。焼き鳥なのに豚肉って初めて食べる」

「博多《はかた》じゃ普通にあるらしいぞ。本店は博多なんだよ。それより親父《おやじ》さんの手続きしてきたんだろ？　今の気分は？」

続けて運ばれてきた煮物に箸をつけながら、流星がサラリと聞いてくる。こういう話の運びかたはさすがだ。自然な流れに乗せられて、気負いなく口を開いてしまう。

「うん、なんていうか、区切りはついたかな」

「じゃあなんで浮かない顔してるんだ？」

法律上は亡くなったと認定された。後ろめたさが拭えないのは、父と最後に話した内容によるところが大きいのかもしれない。

やっぱり流星には隠せないな……、と口元に笑みを浮かべ、隠していた気持ちを吐露する。

「死んだことにしてしまっていいのかなって」

遺体を確認したわけではない。確固たる証拠もない。もし、生きていたら父はどう思うだろうか。

「いいんだよ。お前みたいに苦しむ人のために、法律が一定条件で死んだと認めるんだから」

曖昧な返事しかしないアキが何を思っているのか察したらしく、こう続ける。

「親父さんが行方不明になる前に、家を出るって話したんだったよな?」

「うん、そう。それが最後の会話だったんだ」

気を失うまで殴られ続けた夜のことを口にしても、流星の表情は変わらない。こうして見ると、あの場にいたなんて妄想が過ぎると、自分を嗤《わら》う。

それだけ心のより所にしていたのだろう。それはきっと今も同じだ。

「子供が親から自立するのは当然だろ。なんでお前がいつまでも気にしなきゃならないんだ」

「そうだけど、父さんに相談なく決めたのが悪かったのかなって」

「相談してたら決められなかっただろ。また泣きながら縋《すが》られるか殴られるかして、自分の決断ができなかったよ。お前は間違ってない」

はっきりとしたもの言いは、流星らしかった。こんなふうに言葉にしてくれると救われる。

家を出ると決めた息子に愛想を尽かしたのか、それとも気に入らないことがあると息子を殴らずにはいられない自分に絶望したのか。あの日を境に父は忽然《こつぜん》と姿を消した。だが、流星の言うように父からの自立は間違った選択ではなかったはずだ。

「お前のせいじゃないよ、アキ」

静かだが、心に響く言いかただった。

「そうだな。うん、流星の言うとおりだよ」

その長い指が、食べたあとの焼き鳥の串を串入れに入れるのをじっと見ていた。指まで男前だなんてずるいと思いながら、アキも放り込む。

いつの間に、こんなに男前になったのだろう。いいや、思えばずっと昔から憧憬《しょうけい》の眼差しを送っていた気がする。

アキは流星の袖から覗《のぞ》く腕時計を見ながら、彼への友情に違う感情が混ざった日の出来事を思い出していた。

あれは中学二年の二学期だった。

流星は私立の中学に行くと思っていたが、意外にもアキと同じ公立中学に進学していた。クラスまで一緒なのが嬉しかったのを、今もよく覚えている。

その日、クラス全員が席に着く中、アキだけが立たされていた。教室は気まずい空気で満たされ、苦しくてたまらない。息がつまりそうだった。

教卓のところに立っているのは三十代半ばの女性で、クラスの担任だった。何事にも厳しく、神経質な印象だ。いつも細い銀縁のメガネをかけている。

開け放った窓から風が入ってきて、カーテンがふわりと浮いた。それは、教室の静けさを際立たせている。

「給食費を持ってこないのはあなただけよ？」

担任の叱責に答えることができず、俯《うつむ》くばかりだった。

引き落としにしているが、四月ぶんから残高不足で未払いになっている。二学期に入っても続いているため、現金を持参するよう言われていた。もちろん父に伝えたが、給食費は貰《もら》えなかった。

その頃すでに父から渡される金をやりくりする日々だったが、一回の金額はせいぜい二、三千円で一ヶ月ぶんの給食費にすら手が届かない。分割でと相談する知恵もなく、解決する手段もないまま時間ばかりが過ぎていく。

「ねえ、しゃべれなくなったの？　あなたに言ってるのよ、小川《おがわ》君」

惨めだった。アキの家庭の事情はみんな知っていたが、給食費まで滞納しているなんて、たまらなく恥ずかしい。

「給食費が払えないなら、食べなくて結構です」

担任の言葉を当然のこととして受け入れ、「はい」と頷《うなず》く。ほとんど声にならない小さな返事だった。汗ばむ背中が不快だったが、立っているのが苦痛なのは、それだけが理由ではなかったはずだ。

家ではいつ始まるかわからない父の暴力に息をひそめ、外では時折こんなふうに自分の力ではどうにもならない問題を突きつけられ、解決を迫られる。

圧縮されていくようだった。見えない力に押し潰されそうで息がつまる。自分の存在が許されていない気がしてくる。このまま躰も小さくなって消えてしまえたら、どんなに楽だろう。

子供が願うには悲しい望みを、アキは心の奥底でグッと握り締めた。

「……アキのせいじゃない」

その時、教室のどこからか、ボソリとつぶやく声が聞こえた。担任はそれに気づいて、苛立《いらだ》ちを声に乗せる。

「誰ですかっ⁉　今誰が言ったのっ⁉」

「俺です」

席を立ったのは、流星だった。途端に教室がざわつく。注目を浴びても、担任に睨《にら》まれても物怖《ものお》じしない。

「もう一度言ってごらんなさい」

「アキのせいじゃないって言ったんです。給食費が引き落とされなかったのは、親の責任です。どうして親じゃなくアキに言うんですか？」

「それはお父様に連絡しても状況が改善されないからよ」

「だからアキを責めていいってことになるんですか？　責めたら解決するんですか？」

「なんですってっ！」

キリでこめかみを貫かれるような鋭い声だった。

彼女は少し癖のある教師で、その厳しさに生徒が萎縮する場面もよく見られた。そんな相手に真正面から異論を唱える流星に、クラスがざわつく。

「自分で稼げたらいいけど、俺たちは法律で働いちゃいけないことになってますよね？　アキはどうしたらいいんですか？」

「どうって、お父様にお願いすればいいだけでしょう？」

「アキだって先生みたいにお願いしてると思います。なぁ？」

同意を求められ、何度も父に交渉をしてきたアキは頷いた。しつこいと殴られたこともあったのを、流星は知っている。

「じゃあ町田《まちだ》君は、お金を払ってないのにお店でご飯を食べるの？」

「今はそんな話はしてません。学校は飲食店でもありません」

彼女は言葉をつまらせた。全員が固唾《かたず》を飲んでその行く末を見守っている。好奇心や不安や戸惑いが、さざ波のように広がった。

「そもそも、アキを立たせてみんなの前で言う必要はあるんですか？　こんなのただのイジメじゃないですか。意地悪すぎますよ」

さらに教室がざわついた。『意地悪』というシンプルでわかりやすい批判が、生徒たちの心に刺さったのかもしれない。どこかから「そうだよ」と声があがる。一人が流星に加勢すると、他からも似た声が聞こえてきた。

小川は悪くないよな。そうよ。先生ひどい。お父さんに言えばいいのに。小川、気にするなよ。そうだよそうだよ。

担任の顔が、みるみるうちに赤くなっていく。

「もう知りません！　あなたたちが謝るまで戻りませんからねっ！」

金切り声をあげて教室を出ていくと、張りつめていた教室の空気が一気に弾《はじ》けた。

「やったー。ざまーみろ」

「町田すげぇ！」

「すっきりした！　でもあんなこと言って町田君大丈夫かな？」

「いいに決まってるだろ。父ちゃんが悪いのに、なんで小川が怒られなきゃならないんだよ」

もともと団結力の強かったクラスだけに、いったんこうなると怖いもの知らずといった雰囲気に包まれた。流星を見ると、クラスの盛り上がりを指揮官の顔で眺めている。目が合った。

このくらい言い返せよ。

それが当然の権利だとばかりの顔をされ、アキを押し潰そうとしていたものが霧が晴れるように消えてなくなる。

心が軽くなり、目を閉じて深呼吸した――ああ、息ができる。

つい先ほどまで己の存在そのものが罪のように思えていたのが、嘘《うそ》のようだ。自分はここにいていいのだと、信じられた。

流星、お前はすごいよ。

ひどい環境下でも正気を保っていられるのは、流星の存在によるところが大きい。彼がいなければ、とうに闇に落ちていた。人生を諦めていたに違いない。

機嫌を損ねた担任を宥《なだ》めるのは、学年主任ら大人の仕事だった。戻ってきたのは一時間後で、その騒ぎは当然親の耳にも入る。

流星がこっぴどく叱られたと聞いたのは、少し経《た》ってからだ。自分のせいで……、と責任を感じていた矢先、学校が終わって流星がアパートに遊びに来た。

「今日、おじさんいないんだろ?」

洗濯物を干すアキの傍のちゃぶ台で、流星はプリントを広げていた。

「うん、父さんは仕事だって。久しぶりにいい仕事にありつけたって言ってた。大きな工事があるから、一週間くらい帰らない」

「じゃあ泊まろっかな〜。家帰るの面倒臭い。勉強勉強って父さんうるさいんだよ。ちゃんとしてるっつーの」

叱られたから帰りたくないのだと思うと、申しわけなかった。流星の父親はもともと厳しいのだ。裁判官だからか、成績だけではなく品行方正を息子に強いる。

「ごめん、僕のせいだろ？　給食費の件で怒られたって聞いた。嬉しかったけど、庇《かば》ってくれなくてよかったのに」

「別にアキのためじゃない。俺のために言ったんだよ」

「何それ意味わかんない」

「わからなくていいんだよ」

ふふん、と得意げに笑う彼には、子供の無邪気さと、大人の思慮深さが混在している気がした。その表情は今までの彼とは少し違っていて、心臓がトクンと鳴る。

流星は不思議だった。

父の暴力、生活苦、理不尽な大人、建前。明日食べられるか心配したことも、電気を止められた暗い部屋で夜を過ごすこともなかっただろう流星とは、生きている世界がまったく違う。

だが、恵まれた環境を妬ましいと思う気持ちを、彼は起こさせない。楽しいことだけを目指し、そこへ導くだけだ。

「ねぇ、流星。今日やった方程式の文章問題、教えて。これ、塩分濃度のやつ。文章問題って苦手なんだ」

胸の高鳴りはまだ微かに残っていて、アキはそれを抑えようと普段どおりに振る舞おうとした。けれども一度意識すると、なかなか上手《うま》くいかない。

「どこ？」

「あ、……えっと、ここの問題」

「簡単だって。文章問題って国語だから。アキは国語得意だろ？」

自分のプリントを出すと、流星はアキのすぐ傍に寄ってきて手元を覗き込む。肩同士が触れた。腕のなめらかな筋肉や骨のでっぱりが、いつも以上に目につく。

小学生の頃は二人の体格に大きな差はなかったはずだが、いつの間にか目線の位置が変わり、声も変化した。変声期を迎える前と後ではまったく違う。自分にも同じ変化が訪れると思っていたアキは、思いのほか変化がなかったことがいまだに謎だ。

骨格がどんどんしっかりしてくる彼の日々の変化は、蛹《さなぎ》という過程を経ずに成虫へと羽化する蜻蛉《とんぼ》を思わせた。ドラゴンフライとも呼ばれるそれは、決して後ろに下がらない勇猛果敢な昆虫で、アキは大好きだった。

小学生の頃、虫取り網を手に幻と言われているオニヤンマを探して追いかけていた時のように、目の前を駆けていく流星の成長を見ている。

それに比べて、自分はずっと幼虫のままだ。現実という大人の世界を早くから覗かされていたのに、なぜ躰の成長は彼に後れを取っているのだろうと思う。

追いつけない。追いつけないが、せめて見失わずにいたい。ただ、そう願って走っている。

「ポイントを絞って文章を数式に置き換えればすぐに解けるんだよ」

アキのプリントを覗き込む流星の髪から、微かな汗の匂いがした。なぜか緊張して唇を舐《な》める。塩の味がした。文章が頭に入ってこない。

俺のために。

アキのために反論したと言われるより、ずっと嬉しいのはなぜなのか。

よくわからないまま、アキは難しい文章問題をスラスラ解いてみせる流星に聞いてみたくなった。

「何ぼんやりしてるんだ？」

声をかけられたアキは、我に返った。手首の出っ張った骨を、あの頃と同じ気持ちで眺める。

「なんでもない。それより、これも食べていい？」

トロトロに煮込まれた豚の角煮に目が行き、器に手を伸ばした。

「それ一人で全部喰《く》っていいぞ」

うん、と返事をし、遠慮なくいただく。口の中に入れるとホロリと解《ほど》けた。見た目ほど濃くなく、胃もたれしない。料理を堪能《たんのう》しながら、いつまでこうして二人で会えるだろうだなんて考えてしまっていた。

先ほどは事故を動画に収めた二人の女性に名刺を渡せばよかったのになんて言ったが、本当はそんなことは望んでいない。

もし彼に特別な人ができたら、家庭ができたら、こんなふうには会えない。

親友の幸せを願うことができない自分は、あの頃からいたのだ。そう思うと、罪の意識を覚えた。

父がいなくなってホッとした自分。戸籍に『失踪宣告』の文字を見た時の自分。流星の幸せを純粋に喜べない自分。身勝手さを自覚するにつけ、友人として相応しくないと感じてしまう。

何より友人以上の感情を持っていることが、その思いに拍車をかけるのだ。

「お前、痩せてるのに相変わらずよく喰うな。カロリーどこ行ってるんだよ」

頬杖《ほおづえ》をつき、眺められると途端に恥ずかしくなった。唇についた肉の脂を舌で舐め、いったん箸を置いてビールに手を伸ばした。

友人のふりをあとどのくらい続けていられるだろうか。そんな切なさが、たわいもない彼の言葉を宝物のようにアキの心に響かせる。

「見てばっかりじゃなくて自分も食べたら？」

「お前がモリモリ食べるのを見るのが好きなんだよ」

「なんだよ、そんなにジロジロ見るなって」

時計を見ると、十一時半だった。店は午前二時までの営業で、ラストオーダーはその三十分前だ。

検事の仕事がどれだけ忙しいのかわかっているつもりだが、この時間が期限つきのものだと思うと、余計に終わらせたくない気持ちが大きくなる。もう少し、もう少しと先延ばしにしてしまい、なかなか「そろそろ帰ろうか」という簡単な言葉が出てこない。

流星が腕時計で時間を確認した。気を遣って言い出さないのだろうと思い、自分から切り出すことにする。

「流星、そろそろ……」

「アキ、日本酒いけるか？」

「え？　あ、うん。まだ全然酔ってないからいいけど」

流星は店員を呼ぶと、日本酒を追加した。

「もう少しお前と飲みたい。あ、飲む前提で話したけど、時間よかったか？」

お前と。

そこにこだわりすぎだろうか。さりげなく口にされた言葉に、アキの心臓はトクトクと小さな戸惑いを訴える。

「明日は昼からのシフトだから、まだ大丈夫。流星のほうが時間ないんじゃないか?」

「俺はショートスリーパーだから平気だよ」

彼にパートナーができるまでの期限つきの幸運を、あともう少し。

嬉しくなり、熱燗《あつかん》をあっという間に空けた。追加し、さらに一時間ほどゆっくりしてから居酒屋を出る。

「あー、飲んだ飲んだ。久しぶりにアキと飲んでストレス発散したよ」

「俺も。ちょっと飲み過ぎたかも」

「親父さんのこと、区切りがついたんだ。今日くらいいいさ」

少し先を歩く流星の頼りがいのある背中を見ながら、その言葉を反芻《はんすう》した。

区切りがついた。

本当にそうだろうか。

ふと、この穏やかな流れを堰《せ》きとめるような疑問が浮かび、驚いた。自分の一部が、反乱の分子みたいに抗議するのはなぜなのか。

「ねぇ、流星。センター試験の前の日って、何してた?」

「なんだ急に」

コートの襟を立てた流星は、どこから見てもエリートだった。正義のもと、厳しく、厳かに職務をこなす検察官の姿がそこにはある。

何を聞こうとしているのだろう。おかしなことを考えていると気づき、取り繕うように言う。

「国家資格取るつもりだから、大事な試験の前日ってどう過ごしたらいいんだろうって」

「普通に家でゆっくりしてたな。勉強は確認くらいで終わらせるのがいいぞ。あんまりすると、あれもこれも不安になってくるから」

そっか、と言い、会話を終わらせる。

おそらく、いつも流星に助けられてきたから夢でも見たのだ。きっとそうだ。

アルコールで火照った頬に冷たい風を浴びながら、アキは自分にそう言い聞かせていた。

しばらく会っていない兄に連絡を取ったのは、流星と飲んだ次の週だった。父の届けを済ませたことを報告すると、兄もどこかしらホッとした声で「そうか」とだけ返してくる。

少しだが、国民年金を受け取る年齢に達する前に死亡と認められたため一時金が出た。渡すついでに会わないかと誘うと、いい返事を貰う。顔を合わせるのは二年ぶりだ。

指定のファミリーレストランで待っていると、ジャンパーのポケットに両手を突っ込んだ兄が入ってくるのが見えた。軽く手を挙げるとアキに気づいて前の席に座る。

「兄さん久しぶり。元気にしてた？」

「まぁまぁだな」

兄は再会を喜んではいないようだった。背中を丸め、あまり目を合わせない。ポツポツと無精髭《ぶしょうひげ》が生えていた。まだ二十八歳だというのに顎回りの肉がたるみ、実際よりずっと老けた印象だ。

酒に酔って帰ってきた父親にどこか似ており、子供の頃の気持ちが蘇《よみがえ》った。

「何か食べる？」

「そうだな、あんまり金ないんだよ。悪いけど」

「じゃあ一時金は先に渡しとくね」

封筒に入れたそれをテーブルに置くと、中身を確認してから封筒をふたつに折り曲げてポケットにしまう。

「悪いな。手続きとか全部お前に任せて」

兄はビールとつまみを、アキはとり天の和食セットを注文した。ビールが運ばれてくるなり、兄はそれを一気に呷《あお》って二杯目をすぐに注文する。

「何か食べなくていいの？」

「ああ、飯は喰ってきた。俺に遠慮しなくていいぞ。俺、今仕事探してるんだ」

会話はあまり弾まなかった。兄との記憶には、いつも父の暴力がついてくる。殴られやしないかと怯《おび》えながら暮らしていた時期を、思い出してしまうのだ。

「そっか、前の仕事辞めたんだ。次の仕事は見つかりそう?」

「さぁな」

「じゃあここは俺が出すよ。仕事見つかるまで大変だろうし。本当に食べなくていいの?」

「いいけど、一人で喰うのって居心地悪いか?」

「まぁね。せっかく会ったんだから一緒に食べたいよ。無理にとは言わないけど」

そこまで言うならと、兄はハンバーグのセットを注文した。仕事を辞めた理由を聞くと、年下の上司と揉《も》めたという。

「俺だってまともに育てられてたら、もっといい仕事に就けてたんだ。親に大学出してもらっただけのくせに威張りやがって」

兄の愚痴は、己の不遇への怨《うら》みつらみから始まる。いつまでも囚《とら》われてはいけないと助言したことがあったが、聞き入れてはいないようだ。

「俺のおかげでお前は俺の半分くらいしか殴られてないだろ。俺が成績悪いのは、親父に何度も頭殴られたからだ。お前はよかったな、俺ほど殴られずに済んで」

「いつも兄さんが庇ってくれたもんね。感謝してる」

小さかった頃は暴れて手のつけられなくなった父を前に、躰が動かなくなったものだ。そんなアキを抱き締め、その暴力から自分を護《まも》ってくれたのをよく覚えている。兄弟で身を寄せ合い、灯油の切れたストーブの前で暖を取ったこともあった。

兄がアキの身代わりになって一番ひどく殴られたのは、なんと言っても小学生の頃にした無断外泊の時だろう。

それは意図したことではなく、流星の祖父が所有していた別荘に遊びに行って地下室に閉じ込められたからだった。子供がそこに隠れているとは知らず、偶然別荘に用事があった流星の父が地下室へのドアを施錠して帰ったため、ひと晩そこで過ごすことになっただけだ。

しかし、行方不明騒ぎで警察も動き始めており、父の激怒は類を見ないほどだった。

あの時、兄がわざとじゃないと言って父をとめてくれなかったら、どうなっていたかわからない。怒りはそのまま兄へと向かい、鼻血で顔が赤く染まるまで殴られた。

記憶を掘り起こせば、兄への恩はいくらでも出てくる。

だからこそ、幸せになって欲しい。

「ま、いいけどな。俺が長男だから。次男次女ってのは甘えられて育つってのが常識だし」

トゲのある言いかただった。それでも黙って受け入れるしかない。

「今度は俺が兄さんの力になるよ。なんでも言って」

「お前に何ができるんだよ。俺が今まで受けてきた暴力はチャラにならないんだぞ」

「ごめん。俺のせいで」

「いいって。アキを責めるつもりはないんだからよ。だけどまぁ、時々お前がいなかったら、俺はもうちょっとまともになってたかもって思うよ」

ははっ、と笑いながらビールを呷り、三杯目を注文した。

アキを護るために、兄がより多くの暴力を受けてきたのは事実だ。気が済むならと、頷き、感謝の言葉を述べ、不満をぶつけてもらう。

ひとしきり愚痴を吐き出すと、兄は当然のように言い放った。

「なぁ、アキ。金貸してくんない？」

「え？」

「まぁ、ちょっとさ……無職の期間が長くてさ、失業手当ももう先月で終わってんだよな」

迷った。金を渡すのは簡単だ。しかし、兄の言動からそれを活《い》かせるのか疑問に思う。

「嫌なのか？」

「嫌ってわけじゃ」

「お前はいいよな。俺が護ってやったからさほど被害に遭わずに済んで。俺は長男だから大変だった。俺ばっかりが殴られてた。被害の大きさを考えると、親父の残した一時金って俺が全部貰う権利があるんじゃないか」

そのことを盾にされると、何も言えなかった。兄よりマシだったと言われるたびに、償わなければという気持ちになる。

「ごめん、兄さんの気持ちも知らずに。そうだよね、確かに兄さんの言うとおりだ」

アキは金を渡すことにした。だが、ただ渡すのではない。兄が生活を立て直せるよう、これを機にもう少し連絡を取り合っていこうと思ったからだ。

「残りは手元にないんだ。振り込むから、口座の番号教えて」

「そうか？　悪いな。じゃあ、あとで電話するよ」

本当によかったのだろうかという自問は、あえて無視した。

今は上手くいかないことが続いて、荒《すさ》んでいるだけだ。優しい兄だった。仕事が見つかって生活が安定すれば、必ず立ち直れると自分に言い聞かせる。

「ねぇ、また会おうよ。今住んでるとこ聞いていい？」

「いいけど急に来るなよ。俺だって女くらいいるんだから」

そう言って兄は、四杯目のビールを注文した。

喉を上下させながらそれを呷る姿に、また父親の姿が重なった。酒が入ると感情の起伏が激しくなる。機嫌よくアキの頭を撫《な》で回していたのに、次の瞬間、ちょっとした言動にカッとなって拳を振り上げるのだ。

父が酒に溺れたのも、仕事を失ったのがきっかけだ。定期的な収入は心の安定に繋《つな》がる。兄も定職に就いてくれれば、きっと変わる。

食事の間、アキはずっとそんなことばかりを考えていた。支払いを済ませて店を出ると、すぐに帰ろうとする兄を呼びとめる。

「ねぇ、このあとうちに寄らない？」

「うちって、親父と住んでたアパートだろ？　嫌だよ、あんなろくな思い出がないところ」

ハッ、と鼻で嗤われ、言葉が出ない。

兄にとってはそうでも、アキは違う。流星との思い出があった。父に見つからないよう遊びに誘ってくる彼との時間は、息苦しかったあの部屋を楽しいことで満たしてくれた。

小石をぶつけられた壁がコツン、と立てる音は、その前触れだ。父の目を盗んで一緒に遊ぶ秘密の共有が、心を弾ませた。風の強い日に何かが当たって音が鳴り、急いで窓を開けたのに誰もいなくてがっかりしたこともある。

雑草の生えたアパートの裏庭の風景は、たった一人の人がいるのといないのとでは見えかたが全然違った。

兄に流星のような友人がいたら、少しは違っていたのかもしれない。

「なんだ、怒ったのかよ？」

「あ、ごめん。そんなんじゃないんだ。子供の頃を思い出してただけで」

「お前もよくあんなところにいつまでも住めるな。さっさと出たらどうだ？」

「うん、そうだね。父さんが帰ってくるかもって思って住み続けてたけど、そろそろ考えようとは思ってる」

「引っ越したら連絡しろ。あそこじゃないなら遊びに行くから」

じゃあな、と言って、兄は駅とは逆のほうへ歩いていった。もう少しゆっくり話をしたかったが、まだチャンスはあると自分に言い聞かせて家路につく。

今日はいつもより冷えるなと思いながら、灰色の空を見上げた。

『金渡したのか？』

職員用の休憩室でコーヒーを淹《い》れてビスケットを囓《かじ》っていたアキは、想像どおりの言葉に自分のしたことは間違いだったと確信した。

窓の外は小雪が舞っていた。子供の頃は、こんな寒い日はいつも凍えていた。だが、今は暖かい部屋でくつろいでいられるのだ。

「やっぱり駄目だったよね」

『兄貴のためにならないだろ。一時金の残金まで振り込むなんて、やりすぎだ』

「そうだよね。頭ではわかってたんだけど、助けになれるかもって思ったんだ」

ほんのりと甘いビスケットとコーヒーの苦みがよく合った。ささやかな幸せを味わいながらも、目の前の問題に気持ちは沈み気味だ。

また会おうというアキの言葉を裏切るように、兄は弟の誘いを躱《かわ》すばかりでなかなか実行してくれなかった。渡した金でパチンコをしたと知ったのは、兄の住んでいるアパートに行ったからだ。

急に来るなとは言われていたが、あまりにも連絡が取れないので痺《しび》れを切らした。チャイムを鳴らしても応答はなく、諦めて家路についたのだが、近くのパチンコ店から出てくるのを見たのだった。機嫌は悪く、歩道に停《と》めてあった自転車を蹴り倒し、そのまま飲食店へと入っていった。負けたのは一目瞭然だ。

『長男だから苦労したっての鵜呑《うの》みにするなよ、ったく。兄貴が出てってからの親父さんがひどかったの、俺は知ってるんだからな。弟だからこその苦労もあっただろ』

「でも、昔はよく俺を護ってくれたんだ」

『まぁ、お前の気持ちもわかるけど』

言いわけしか出てこない自分が情けなかった。

「ところで流星、電話なんかして仕事大丈夫？　忙しいんじゃないか？」

『俺のことなんか気にしないで自分の心配しろ。また恩着せがましいことを言われても、次は金渡すなよ。兄貴が先に逃げ出したぶん、お前はひどい目に遭ったんだからな』

「うん、わかった。約束する」

金を渡すだけでは、兄のためにならない。もう一度自分に言い聞かせる。

『それよりアキ、なんか喰ってるだろ。さっきからモグモグと。何喰ってるんだ？』

「ごめん。休憩時間でさ、ビスケットとコーヒーでひと息ついてた」

『俺も昼飯喰ってる最中だけどな』

「なんだよ。流星も食べてるんじゃないか」

今日も忙しいらしく、近くに来ていたキッチンカーで買ったホットサンドを片手に、午後から取り調べをする被疑者の供述書に目をとおしていたらしい。

「ごめん、そんな時に電話してもらって」

『いいって、気になったから俺からかけたんだし。お前の声聞きながら食べてると、消化によさそうだしな』

「なんだよそれ。俺がのほほんとしてるみたいだな」

『くつろげるって意味だよ』

アキは、ドラマで観《み》た検察官の執務室を思い浮かべた。スーツをきっちりと着こなした流星がいる。色気のないグレーのデスクにつき、積み重ねられた書類の中で手早く食事を摂《と》りながら文字を目で追っている。

限られた者に与えられた権限を正義のために使う彼の目には、法に対する堅く高い志が浮かんでいて、遠くを見据えていた。子供の頃から法曹の道に進むと決めていた彼の、正義を踏み行う揺るぎない歩みを感じる。

思えば流星はよく怒ってくれた。アキを取り巻く理不尽に。正義感が強いのだろう。「そう決まっているから」「それがルールだから」などという曖昧さを許さず、明確な答えを求め、おかしなことに声をあげる。

それが彼なのだ。

「流星、お前ってさ……」

『ん？』

齧ったビスケットを眺め、甘いお菓子をよくお土産に持ってきてくれる彼の優しさと、毅然《きぜん》とした生きかたに目を細める。

「根っからの検事って感じ」

『なんだよ急に』

「褒めてるんだよ」

『そうだろうな』

相変わらずの返しにプッと吹きだした。

もう少しこうしていたかったが、電話の向こうから流星に誰かが話しかけているのが聞こえた。同僚だろうか。仕事に戻らなければならないらしい。

「じゃあもう切るね。ありがとう、流星」

『いいって。また電話する。じゃあな』

電話を切ってもアキの表情は柔らかなままだった。流星の優しさの余韻が辺りに漂っていて、心が安定している。

その時、同僚に声をかけられた。

「ちょっといいですか？」

「はい」

急いで席を立つと、人目につかないところに呼ばれる。

「あの……小川さんってお兄さんおられます？」

「はい、いますけどどうしてです？」

「ごめんなさい。全然似てなかったから。お兄さんが会いに来られてますよ」

「兄さんが？」

電話には出てくれないのに、なぜ来たのだろう。金はすでに送金している。自分を呼びに来た職員の態度も気になった。

「もしかして、兄が何かおかしなこと言ったんじゃないですか？」

「いいえ、はじめ名乗られなくて、とにかくすぐに連れてこいって。ただそれだけです」

それだけという態度ではなかっただろうことは、彼女の表情からわかる。

「すみません、兄はせっかちで言いかたが乱暴な時があって」

「そうでしたか。それならよかったです。怒らせちゃったかなって思ってたから」

改めて兄の非礼を詫びてすぐに外に向かった。先日着ていたジャンパーをガラス扉の向こうに見た瞬間、胃がギュッとした。一度立ち止まり、深呼吸する。

嫌な予感がした。

『アキッ、いるんだろ？　開けろって！』

兄がドアの前で叫んでいた。父と同じ声で怒鳴られると、躰が硬直して動かなくなる。これで何度目だろうか。

兄と二年ぶりに会ってから二週間近くが過ぎていた。最初に職場に姿を現した時にまた金を無心され、それ以来、毎日のように訪れるようになった。

職場にだけではない。あんなに来るのを嫌がっていたアパートにもだ。

流星に言われたとおり突っぱねていたが、近所迷惑になるからと部屋に上げたのがいけなかった。暴力を振るわれたのは、頑《かたく》なに金を貸さないと断ったからだ。座卓を蹴り上げ、カラーボックスを倒し、部屋を出る時は叩きつけるようにドアを閉めた。三日前のことだ。

あれで諦めたかと思っていたが、どうやらそうではないらしい。

『この前は殴って悪かったよ。仲直りしたいからさ、ここ開けてくれよ』

優しく語りかける声には、覚えがあった。父がそうだった。ひどく殴ったあと、時々こんなふうに猫撫で声で話しかけてきて、暴力を振るったことを詫びるのだ。だが、最後に「お前が悪いんだぞ」と必ず言う。

お前が悪いから殴ったのだ、と。

『力になってくれるって思ってたのに、俺を見捨てるようなことを言うからつい』

「力にはなりたいよ。でも、お金は貸せない」

『そんなこと言うなって。絶対返すから』

「パチンコに行ったの知ってるんだよ？　貸せるわけないじゃないか」

一瞬、兄の返事が遅れた。

『アキ！　お前、俺をつけてたのか！　こそこそと探偵みたいに、俺を監視してたのか！』

「違う。偶然見たんだよ」

『いいや、信用できない。それに、こんなに頼んでんだぞ？　俺を見捨てるのかっ！　力になりたいとか綺麗事《きれいごと》ほざきやがって、期待させたのはそっちだろ！』

ドン、とドアが蹴られた。父の思い出があちこちに残る部屋で大きな音を聞かされ、アキは子供のように震え上がった。

昔の記憶に呑《の》み込まれてしまう。子供の頃に戻ってしまう。

「頼むから、帰って」

『開けるまで帰らねぇからな！』

「頼むから……帰って、くれ……、――ッ！」

またドン、とドアを蹴られた。心臓が大きく跳ね、収まらない鼓動にますます恐怖は増す。手に汗が滲《にじ》み、呼吸が苦しくなった。

流星、と無意識にその名を口にし、空き地に立ってアパートを見上げる彼の姿を思い浮かべる。小石が壁にぶつけられる音は、救いの合図だった。そうやって何度も呼ばれた。

遊ぼうぜ、と誘われて連れていかれるのは、この部屋とは違う光に満ちた世界だ。

『アキ、いい加減に開けろ！』

耳を塞ぎ、思い出に縋った。

苦しい時間が続いても、いつかあの光の中に行ける。そう思うだけで、どんな暴力にも耐えられた。今もだ。この時間は永遠ではない。必ず終わりが来る。そして、楽しい時間が訪れる。

繰り返していると落ち着いてきて、足りなかった酸素が躰に満ちてくる。

その時、外で兄以外の声がした。

『近所迷惑だろ』

『なんだ、てめぇ』

『アキに金をせびるのはやめろ』

流星だ。

アキは慌ててドアに飛びついた。

名前を呼んだのは、本当に来て欲しいからではなかったのに。来てくれるとも思っていなかったのに。

覗き窓から見えるのは、二人が揉み合っている様子だ。流星も殴られるかもしれないと、鍵を開けてチェーンを外そうとした。だが、手が震えて上手くいかない。

『アキィ～、出てこなくていいぞ～』

どこか間の抜けた言いかたに、恐怖が薄れた。第三者の介入に面倒になったのか、兄は『帰ればいいんだろ！』と叫んだ。わざと立てられる大きな足音が遠のき、鉄骨の階段を下りていくのが聞こえる。

シン、と静まり返った廊下にその音が響くが、それはもうアキの動揺を誘うものではなくなっている。

『お～い、俺だ～。部屋に入れてくれ～』

のほほんとした言いかたで言われ、すぐにドアを開けた。

「流星、兄さんに殴られなかった？」

「ああ、俺が強気に……どうしたんだそれ。殴られてるじゃないか。兄貴か？」

アキの顔を見た流星は、一転して険しい表情になる。まだ傷が完治していないのを忘れていた。気まずい。

「たいしたことないよ。もう痛みは随分和らいだし」

「何が和らいだだ。ったく、大事《おおごと》になってるのに、どうして俺に相談しないんだ」

「まさか。こんなことで相談なんかしないよ普通」

「俺はして欲しかったね。ほら、土産。甘いもんでも喰ってひと息つけ。俺もサボる」

渡されたのはビスケットだった。いつもの流星に、力が抜けた。なんだかホッとする。

「ありがとう。それよりサボるって、まさか仕事中？」

「ちょっと気になることがあって現場に確認しに行ったんだ。その帰り」

流星はそう言って鞄《かばん》を畳の上に置き、コートを脱いでネクタイを緩めた。

「昨日電話で話しただろ。そん時お前の様子がおかしかったから気になってな。兄貴に金は渡さないって俺との約束果たそうとして、逆に変なことになってるんじゃないかと思ってさ」

敵《かな》わないな……、と笑った。

海を越える彗星《すいせい》を流星に重ねていた頃のように、今も彼から零《こぼ》れる光の帯を追いかけているのかもしれない。光の粒が消えないことを願いながら夢中で駆けていける子供の一途《いちず》さを、こうして持っていられる。

それは幸運以外の何ものでもない。

「やっぱり日頃から取り調べする検事さんは違うね。流星に嘘はつけないな」

流星は「当たり前だ」と言って笑い、ケトルで湯を沸かし始めた。

「コーヒー貰っていいか？」

「それなら俺が淹れるよ」

「お前は座ってろ。まだ動揺してるだろ。俺の前では無理しなくていい」

制され、座卓の前に腰を下ろす。アキは、一人用のドリップパックをカップにセットしてお湯を注ぐ流星の背中を黙って眺めた。

空き地に立ってアキを光の中に連れ出してくれた子供は、大人になった今、部屋の中まで入ってきてこの場所を照らしてくれる。

流星がいたから、息ができた。

流星がいたから、生きていられた。

ああ、流星。俺はお前に何度救われたかわからない――そう伝えられたら、どんなにいいだろう。重荷にならなければ、今すぐにでも言葉にしたい。

「だけどここ、ほんと変わらないよな」

コーヒーカップが目の前に置かれ、アキは礼を言って手を伸ばした。香りを嗅ぎ、ゆっくりと深呼吸する。流星が胡座《あぐら》をかいて座るのが、視界の隅に映っている。

多忙を極める彼が、自分の前でくつろいでいるのを見るのは嬉しい。

「親父さんの手続きも終わったんだし、引っ越しを考えていいんじゃないか？」

「そうなんだけど、いざ出るとなるとね。それに……」

口元に笑みを浮かべ、こう続ける。

「この窓から見える景色が好きなんだ」

カーテンの向こうに広がる景色をどれだけ大事にしてきたか、流星は知らない。

「そんなにいい景色か？　ただの住宅街だろ。裏は空き地だし」

「流星にはわからないよ」

ふふ、と笑い、「今日はありがとう」と改めて礼を言った。流星がいなければ、自分の人生はもっとみすぼらしいものになっただろう確信がある。自分の境遇を呪い、世の中を呪い、自分を呪った。

不幸の連鎖を断ち切ってくれたのは、目の前の彼だ。

「お前のためならなんだってするよ。だからなんでも相談しろ」

サラリと口にされるそれに、言葉以上の意味を探してしまうのは罪だろうか。叶わぬ願いだとわかっているのに、つい期待してしまう。

「またかっこいいこと言って。そういうのは好きな子に言えよ。俺までたらし込んでどうするんだ」

「たらし込まれてる自覚あるのか？」

言葉をつまらせると、流星はまっすぐにアキを見つめ、少し声のトーンを落とした真剣な言いかたでこう続けた。

「俺は好きな奴《やつ》しかたらし込まない」

心臓がかつてないくらい激しく躍っていた。兄に怒鳴られた時の重い鼓動ではなく、自分が生きていると実感できるそれはどこか心地よく、軽やかだ。

「アキ」

短く零された自分の名前に、熱が籠められているのがわかった。

制しようとしたのは、この先に待っているだろう幸運があまりにも大きくて、抱えきれなくなりそうだからだ。心が潰れるほどの幸せを手にしたら、人はどうなってしまうのだろう。

だが、流星はやめようとはしない。顔を少し傾けてアキの唇に自分のを寄せる。

神様が気まぐれに手を掛けて作ったような少年は、経験と成長を重ね、類を見ぬ大人の男へと成長していた。

これほどまでに濃い色香を振りまいたことがあっただろうか。何年も友人としてつき合ってきたのに、初めて知る表情だ。こんな顔もするのかと驚き、幸運に酔う。

観念するように、ゆっくりと目を閉じた。

「ん……」

唇を重ねるだけのバードキスだった。だが、触れた瞬間から全身に熱が広がっていく。細胞ひとつひとつが歓喜に揺れ、熱を発していた。

好きな人とのキス。

唇と唇を合わせる行為は経験しているが、これほど心を掻《か》き乱《みだ》すものはなかった。まるではちみつでも飲み込んだかのようだ。粘度の高いそれは、喉に絡みついてきて苦しい。苦しいのに、とてつもなく甘い。

それはゆっくりと落ちていって、いつまでもアキを酔わせてくれる。

「流星……」

自分の声がやけに掠《かす》れていて、物欲しげに名前を呼んだことを後悔した。だが、流星はそんなアキの心の内を知ってか、もう一度唇を重ねてくる。

「ん……」

流星の気配、息遣い、匂い。ふわふわしたものに包まれ、自分がちゃんと座っているのかわからなくなった。何か言わなければと言葉を探したが、声を発する前にスマートフォンが震える音がする。

「あー、くそ。もう時間か」

忌ま忌ましいといった言いかたが、アキへの気持ちを表現しているようで、胸に温かいものが広がる。

流星は立ち上がりながらスーツのポケットに手を入れた。アキに背を向けて小声で話していたが、スマートフォンをしまうと鞄を手にする。

「地検に戻らないと。どこで油売ってるんだって言われた。サボってるのばれたな」

「う、うん」

「ごめん、また連絡する」

　バタバタと慌ただしく部屋をあとにする流星をぼんやりと見送った。一人になると、ほんの今しがたの出来事が信じがたく、戸惑いを覚える。頭がぼーっとして、何が夢なのか何が現実なのかわからない。

　だが、座卓に置かれたふたつのコーヒーカップが現実だったのだと証明していた。途端に、収まりかけていた鼓動が再び高鳴り始める。

　今さらのごとく顔が熱くなり、軽く拳を握って手の甲で頬に触れた。ひとたび自覚すると、熱はさらに顔から耳へ、首へ、全身へと伝わった。唇と唇が触れ合った感触を思い出し、忘れないよう反芻してしまう。

「流星……」

　どうしたらいいかわからず、もうとっくに自覚していたことを心の中で噛《か》み締めた。

　流星が、好きだ。

3

いつも、完璧を求められていた。いつもだ。

流星《りゅうせい》は自分の人生をふり返るたびに、そのことを思い知らされる。

裁判官である父は品行方正はもちろん、自分の環境を無駄にすることを嫌い、常に最良の結果を望んだ。母は父の言いなりで自分の考えを持たない。

子供の頃からどんなにいい成績を収めても、それだけの教育をしてきたのだから当然だという顔をする父に、次第に解答用紙や成績表を見せるのが虚《むな》しくなった。数えられるのは、獲《と》れたマルの数ではなく、ついたバツのほうだ。

そして、なぜ間違えたのか考えろと次の課題を与えられる。

家では安らげなかった。相談もできない。常に優秀であれとプレッシャーをかけられてきた流星にとって一番楽なのは、逆らわず、期待に応えることだった。そしてやすやすと目標を超えられたからこそ、逆に自分を追いつめる結果になったのかもしれない。

「すみません、遅くなりまして」

地検に戻るなり上司のもとへ向かった流星は報告を求められ、すぐさま執務室のドアをノックした。入れと言われてドアを開ける。

中にいたのは五十過ぎの男だった。グレーヘアと細身の躰《からだ》は一般的なサラリーマンといった雰囲気で、物腰が柔らかくどこか摑《つか》みどころがない。目が細く、いつも微笑《ほほえ》んでいるような表情で温和な印象だ。しかし、さすが長年検事をしてきただけあり、時折鋭さを見せる。

流星の父のことも知っており、ここに配属された時に裁判官に育てられた男がどんな仕事をするのか楽しみだと言って笑ったのをよく覚えている。

法曹の道に進んだのは父の望みだったが、護《まも》られるべき子供のアキが誰にも助けてもらえなかったことが影響していた。法を学べば、アキの助けになるかもしれない。そんな思いが父への反発を上回ったからこそ、あえて従った。

しかし、法を学ぶほどにそれがいかに無力なのか思い知ったのも事実だ。特に子供が被害者の場合、その判決には首を傾《かし》げることが多い。

法律は不完全だ。

裁判官でも弁護士でもなく検事を選んだのは、どこかに怒りがあったからだろう。虐待が繰り返されても、助けてもらえない子供がいる。裁かれるべき者が裁かれずにいることへの怒り。

そしてそれは、ある矛盾も孕《はら》んでいた。

「めずらしいな。現場に行ったのか？」

「はい。ちょっと証言で一部気になったことがあったものですから、確認してきました」

「で、どうだった？」

「証言はおそらくでっちあげですね。矛盾が見つかりました」

送検されてきたのは、空き巣からの居直り強盗だった。検事になって二年の流星が手がけるのは、世間が注目する事件ではなく日常的に耳にするものがほとんどだ。それだけに回ってくる件数も多く、次々と処理しなければならない。一件一件じっくり取り組む時間はないが、かと言って機械的に仕事をしているわけでもない。

「どんな矛盾だ？」

捜査の展開が速く、容疑者はすぐに浮上したようだが、直後に別の男が自分がやったと出頭してきた。容疑者として名前が挙がった男と同居している父親で、前科がいくつもあった。

検察での取り調べでも金に困って空き巣を働いたと証言しており、家人が帰ってきたため持っていた目出し帽を被《かぶ》って襲ってしまったと反省の弁を述べた。

しかも、容疑者だった息子は、その時間に自宅付近で目撃されている。

「五時の時報？」

「はい。息子を自宅付近で見かけた目撃者の証言だと、五時の時報が鳴ってすぐってことだったんですが、現場に行ったら工事の音で時報が聞こえませんでした」

「なるほど、工事か」

「たまたま騒音が途切れて時報が聞こえた可能性もありますが、今まで何度も空き巣で捕まってるのに、今回だけ逃げずに襲いかかったのには違和感を覚えます。歳《とし》も取って体力も落ちてるでしょうし。目撃者に金を渡して証言してもらったんじゃないですかね？」

ふむ、と流星の報告に相づちを打ったあと、男は検察官としてはまだ経験の浅い部下を試すように質問を重ねる。

「ゲソ痕は父親のと一致してたんだろう？」

「はい、ですが息子は小柄で靴のサイズは同じで体重も変わりません。同居してますし、証拠品の靴を自分のだと偽るのは簡単でしょう」

よくやった、と言われ、仕事に戻るよう促される。軽く頭をさげて部屋を出ようとしたが、呼びとめられた。

「現場には事務官も同行したらしいが、先に帰らせてどこに立ち寄ってきた？」

「え？」

すぐに答えられなかったのは言いわけが思いつかなかったのではなく、その視線に黙らされたからだ。なんでもお見通しだという目で見られると、観念してしまう。

「仕事サボるなんてお前も人間だったんだな、安心したよ」

何か言うべきかと思ったが、さっさと行けとばかりに手で「しっし！」とされて従った。自分の執務室に戻ると、検察事務官が待っている。流星より二十五歳も年上で、いつものんびりした口調で話すが、仕事は正確で速い。

「今戻りました。すみません、遅くなって」

「いえ、大丈夫です。このまま送検するところでしたから行ってよかったですね。息子のために罪を被るつもりだったんでしょうか」

「ええ。まっさらな経歴に傷をつけたくなかったのかもしれません」

「さすがですね。町田《まちだ》検事と一緒に仕事してると、予想外の展開になることも多くて勉強になります」

さすがですね。

褒め言葉を嬉《うれ》しいとは思わなかった。だが、重荷でもない。

こういう心境になれる前は、苦しかった。その期待を裏切ってみたい衝動に駆られていた時期もあったが、どんな結果が待っているか想像すると恐ろしく実行できなかった。

それは、誰も自分を見ていないと感じていたからに違いない。

耐えがたいと思っていた周りの期待や重圧から解放された時のことは、よく覚えている。一番苦しかった時期に救いの手を差し伸べてくれた人がいた。

あれは、小学五年生の頃だった。

「町田君がいいと思いまーす」

クラス委員を決める時、決まって誰かがそう言うようになっていた。前期と後期で交替するが、そのルールすら守られないことがある。

拍手の中、担任も流星が適任だと頷《うなず》き、当然の流れのように流星がクラス委員をする空気で満たされた。それでもすぐに受け入れずに、立ち上がって不満そうな者がいないか確認する。

「反対の人がいないならいいけど、俺は他にも向いてる人がいると思う」

みんなにもわかるようにクラスを引っ張っていけそうな友達に視線をやるが、本人は両手をぶんぶん振って嫌がった。遠慮しているというより、面倒なことを引き受けたくないといった態度だ。

「じゃあみんな、女子は池上《いけがみ》さん、男子は町田君でいいのね?」

担任が決定をくだすと、「またか……」という言葉を呑《の》み込んで、促されるまま教壇に立った。挨拶を求められ、当たり障りのない言葉を並べる。

この頃の流星は、周りの人間が自分ではなく、スキルや肩書きに群がっているだけなのではと考えるようになっていた。

もし、成績が落ちたら。

クラスの面倒を見なくなったら。

徒競走でダントツの一位を取れなかったら。

想像してみるが、実行するほどではなかった。その代わり、自分の奥にどうしようもなく冷めた部分があるのを否定できなくなっている。

息苦しい自覚すらなかった。

自分の感情に『虚しさ』という言葉を当てはめることはできずとも、感じていたのはそれに他ならない。

そんな矢先、友達数人で流星の家に集まる機会があった。その中には、以前からよく遊んでいる小川《おがわ》アキもいる。タイプは全然違うのに、なぜかアキとは気が合った。時々、殴られた痕を顔や躰につけてくる同級生に、説明できない他の子との違いを感じていた。

それがはっきりわかったきっかけは、流星の母が作ったビスケットだ。

イギリスの焼き菓子作りに嵌《は》まっていた母は、いろいろな種類のビスケットを焼いて子供たちに出した。模様はさまざまで、ナッツを混ぜ込んだものやジャムを挟んだものなど、味もバラエティに富んでいる。

「ねぇ、これクッキーじゃないの？」

「イギリスではビスケットっていうんだって。もとは『二度焼く』って意味なんだ」

「さすが町田君。よく知ってるね」

みんなは、我先にと綺麗《きれい》な形のビスケットを選んだ。完璧な形のビスケットは大きく、食べ応えがある。市販のものにはないサイズが、子供には嬉しかったのかもしれない。母もその様子を見て満足そうにしている。

けれども唯一、他の子供たちとは違う行動を取っている者がいた。アキだ。

アキはみんなが手に取らない割れたビスケットばかりを食べていた。遠慮しているのだろうと思い、声をかける。

「残りものじゃなくて綺麗なのから食べればいいのに」

「残りものじゃないよ。割れてても味は変わらないし美味《おい》しいよ」

「え、でも綺麗な形のほうがいいだろ?」

「どうして?」

言葉につまった。当然だと思っていただけで、理由を聞かれるとわからない。説明しようとあれこれ考えたが何も浮かばなかった。

「このジャムのついたの、すごく美味しいよ。ほら」

割れたビスケットをさらに半分にしたものを差し出され、無言で受け取ってアキをチラリと見た。流星が不思議そうに自分を見ていることに気づきもしないアキは、嬉しそうにビスケットを頬張っている。その姿をしばらく眺めたあと、口に運んだ。

イチゴのジャムがついたそれは、割れていても美味しかった。ほんのりと甘い生地とジャムの甘み。牛乳と一緒に食べると、さらに美味しさが増す。

「ほんとだ。割れてても美味しいものは美味しいな」

「ね？」

へへっ、と笑うアキに流星はなんだかホッとして、だからこの友人と遊びたいと思うのだとわかった。彼の父親に嫌われていると知っていながら、その目を盗んでまで遊びに誘うのは、彼が纏《まと》う空気が好きだからだ。

家ではどんなに大きく息を吸っても酸素が足りなく感じることがあるのに、アキの周りの空気はわずかひと呼吸で細胞の隅々にまでそれを送り込んでくれる。

「ねぇ、流星はまたクラス委員でよかったの？」

「え？」

「図書係とか掲示板係とか飼育係とか植物係とか、他のもしてみたくないの？」

パクッとビスケットにかぶりつく呑気《のんき》さと、それにそぐわない鋭さに驚いた。あまりに自然に聞いてくるものだから、閉じ込めていた本音が溢《あふ》れる。

そうだ。本当はしてみたかった。

教室の後ろにある水槽のメダカに餌をやってみたかった。学級新聞を作ってみたかった。

言葉にしなかったが、顔には出ていたのだろう。アキは優しい口調のまま、さらに流星の本音を引き出すようなことを言う。

「断ったらよかったのに」

「そんなことできないよ」

親や周りの大人たちの期待にすべて応えてきた。ひとつも取りこぼさず。ひとつも裏切ることなく。

あまりにも当たり前のようになっていたから、そこから少しでも外れるなんて許されないと無意識に思っていた。けれども、アキは断ったらよかったのにと言った。

完璧なビスケットでなくとも美味しいと言ったのと、同じ口ぶりで。

割れていてもいいのだ。

たったそれだけのことなのに、流星は今まで自分を縛っていた価値観から解放された気がした。多分自分は息苦しくて、窮屈だったのだとわかった。でも、クリアしてしまうからさらに高いハードルを設定される。

心のどこかで、いつ失敗するか恐れていたのかもしれない。

「流星は流星がしたいことをしていいと思う」

目頭が熱くなった。

今まで誰も救ってくれなかった。誰も自分の苦しみに気づいてくれなかった。溺れながら流れているだけなのに、みんなは「さすが」「速い」「すごい」と称賛を浴びせるばかりだ。助けを呼ぶことすらできない。

けれども、目の前の彼はそんな自分に木の葉を千切って落としてくれた。自室の本棚に並んでいるイソップ寓話『ありとはと』の鳩《はと》のように。

鳩は平和や希望の象徴だ。愛や真理、知恵、純朴などもある。

アキにぴったりだ。

あの物語みたいに、猟銃が鳩に向けられた時、猟師の足に嚙みついて鳩を助けた蟻《あり》のような存在になりたい。

子供心に思ったのは、そんなことだ。

母がお土産にと、完璧な形のビスケットを子供たちに配っていなければ、泣き顔を誰かに見られたかもしれない。アキだけが、流星の涙に気づいた。

「どうしたの？」

「ううん、なんでもない。なあ、アキ」

涙を拭きながら、アキはどう答えるだろうとドキドキしていた。

「今度さ、リレーがあるだろ。三組がさ、足速いやつばっかりだから俺らのクラス優勝するの無理かも」

「別に優勝しなくていいよ。優勝しなくても、流星は走るとかっこいいよ」

「そっか」

その言葉に心が軽くなった。そして優勝した。アンカーの流星にバトンが回ってきた時は四位だったが、三人抜いてゴールテープを切ったのだ。

いつも安堵《あんど》だった。期待どおりに結果を出したことへの安堵。どんな功績を残しても、喜びなど感じる気持ちにはなれなかった。けれどもその時は違う。走るとかっこいいと言ったアキの前で三人もごぼう抜きしたのが、流星には誇らしくてならなかった。

流星は流星がしたいことをしていい。

その言葉が、流星を救ったのは間違いない。

あの時を思い出すと、肩から力が抜ける。楽になる。大人になった今でも、プレッシャーを感じた時は、アキの言葉に心を寄せて自分を落ち着かせる。

アキが割れたビスケットも美味しいと言った瞬間から、流星には魔法がかかっているのかもしれない。ロールプレイングゲームの防御魔法のように、半透明の壁が自分を護っているような気がするのだ。

あの瞬間から流星の強さが始まった。期待を裏切ってしまうことへの恐れがなくなり、息苦しさから解放された。

「また買ってしまった」

自分のマンションに向かう道すがら、流星は手にした紙袋を目線の位置まで掲げてつぶやいた。持ち手がリボンになっているそれには、店のロゴが金で箔押《はくお》しされている。

今回はいつもより贅沢《ぜいたく》なビスケットだった。実家に顔を出す予定があり、母へのお土産を買うついでにアキのも手に入れたのだ。

流星は気分よく歩いていたが、思いもよらぬ男の姿に足をとめる。マンションの前にいるのは、ジャンパーのポケットに手を突っ込んでいる男だ。

アキの部屋の前で揉《も》めてから、五日が経《た》っていた。

「どうも～、弟がお世話になってま～す」

まるでチンピラのような言いかたに、流星は軽く深呼吸をした。自分たち兄弟の間に割って入るなと脅しを入れるつもりなのだろうか。アキの兄から溢れる自信は、切り札を持っている者のそれだ。執務室で被疑者を取り調べている時も、時々こんな態度を取る者がいる。

「何かご用ですか？」

「まぁ、そんなに邪険にするなよ。ゆっくり話ができれば嬉しいんだけど」

「話すことはありません」

マンションに向かって歩き出す。すれ違ったあと数秒は、後ろの気配に意識を集中させた。いつ背後から襲いかかってくるやもしれぬ敵がいるように。

だが、足音は聞こえなかった。その代わりに流星を襲ったのは短い言葉だ。

「俺、見たんだ」

含みを持たせた言いかただった。嗤《わら》っているのもわかる。足をとめた。ゆっくりとふり返ると、顎を軽く前に突き出して得意げな顔でこう続ける。

「俺、見たんだよ。あの夜」

遠くでパトカーのサイレンが鳴った。

あの夜と言われて思いつくのは、限られている。中でもこの男が関係している夜と言えば、ひと晩しかない。

ずっと抱えていた。誰にも、アキにさえも言えない秘密として、自分の中にしまい込んでいた。鍵をかけ、それが存在しないかのように振る舞ってきた。

けれども、いつか掘り起こされるのではないかという思いも同時に抱いていた。ただ、それが最悪の形で流星の前に迫ってくると想定していなかっただけだ。

裁かれるべき人間は、ここにもいる。

「はっきり言ったらどうですか？」

「俺さぁ、とっくに自立してたんだけど、あの日はたまたま様子を見に戻ったんだ。親父《おやじ》とアキが住んでるアパートに」

心臓が嫌な動きを始めた。七年経った今でも、あの夜のことはよく覚えている。アキが父親に、卒業と同時に部屋を出て一人暮らしをすると伝えた日だ。

いつ父親に伝えようか迷っていたのを知っていただけに、ずっと心配していた。その執着の異様さから、下手すればアキが殺されかねないとも思っていた。

今日言うよ、と決意を感じる言いかたでアキに告げられた時、彼を護ることしか頭に浮かばなかった。センター試験の前日だったが、明日に備えて早めに寝るから絶対に起こさないでくれと両親に言い、こっそり家を出た。

何を盾にすれば両親が約束を守ってくれるか、十分わかっている。

「親父の奴《やつ》、アキが出てくって聞いて怒りまくってたな。外まで聞こえてたもんな」

ははっ、と嗤うのを見て、あまりの醜悪さに吐き気がした。

聞いていたのか。聞いていたのに、助けなかったのか。

あの場所に彼もいたのは驚きだったが、傍観していたのには呆《あき》れる。

「あなたが家を出たあと、お父さんに一度も連絡をしなかったからじゃないですか？　また捨てられると思ったんじゃないですかね」

長男の不在をアキで埋めるように、執着が激しくなった。精神的にどれだけ追いつめられていただろう。四六時中行動を監視するような父親に、アキは疲弊していた。

「お前さ、検事なんだろ？　笑うよな。アキのためならなんでもしそうだな」

彼は言って、ポケットからタバコを出して咥《くわ》えた。

「アキを殴る親父をとめたんだろ？　そのあと親父連れてどこ行った？」

「どこにも」

「ふ〜ん、俺は見たんだよ。あんたが車の助手席に乗り込んで親父と出かけるところ。あれきり親父は行方不明だ。どっかで殺して、あんただけ車で戻ってきたんじゃないのか？」

「高校生ですよ」

「俺だって高校の頃から運転くらいできたさ」

この男の言うとおりだ。免許などなくてもなんとか運転できた。

流星がアパートに到着した時、すでにアキの告白は終わっていて激情に駆られた父がアキを殴り続けているところだった。後ろから飛びつくと、息子が気を失っているのを見て我に返った彼は自分を責めた。

何度反省してもやめられない。同じことを繰り返してしまう。

だから、頭を抱えながら苦悩する彼に言ったのだ。

冷静に考えたいなら、アキと距離を取ったほうがいいです。祖父の別荘があるので、そこにしばらく滞在しませんか、と……。

「親父は大人だから、捜索願いを出しても警察は動かなかっただろ？　でも、俺があの夜見たことを警察に相談したら、捜査してくれるかもしれないなぁ」

「家まで送ってもらっただけと言ったら？」

「なんだ、一緒に車で出かけたって認めんのか？」

「いいえ。仮定の話ですよ、お兄さん」

仮定ねぇ、と言って頭を掻《か》くと、彼は切り札をチラつかせた。

「親父が消えてくれるなら、事故だろうが誰かに殺されようがどうでもよかった。だけど俺とアキの間に入ろうとするなら容赦しない。俺たちは兄弟なんだよ。血が繋《つな》がってる。決して切れない血縁ってやつだ」

勝ち誇ったように嗤い、さらに続ける。

「自分のためにあんたが手を汚したと知ったら、アキは罪悪感抱えるだろうなぁ。な？」

何が言いたいのか、わかっていた。

「アキには会うな。実の弟に金の無心なんかするな。用があるなら俺が聞く」

「へぇ、あんたが相談に乗ってくれるんだ？　だったら念のために連絡先交換しとこうか」

何が念のためだ……、と思いながらも、動けなかった。

アキの兄は流星のコートに手を伸ばし、内ポケットからスマートフォンを出して互いの番号を登録した。それがポケットに戻される時に目が合う。

「これでいい。いつでも相談できる。じゃあな」

踵《きびす》を返すその背中を黙って見送った。またパトカーのサイレンが響く。静かな夜を揺らす不穏な音に、穏やかに流れていたアキとの時間も揺るがされるようだった。

あの男は、アキを不幸にする。

金を無心し、拒否すれば暴力を振るう。アキを殴っていた父親と同じだ。いや、もっとタチが悪い。

子供の頃に父の暴力から護ってもらった記憶が、アキの判断を狂わせるだろう。きっと引《ひ》き摺《ず》られてしまう。

流星は、今でもビスケットを好んで食べる友人を思い出した。

息苦しかった子供時代、酸素を送ってくれた。失敗しても価値は変わらないと、教えてくれた。たわいもないことかもしれないが、流星にとっては重要だった。

流星のほうが先に変声期を迎え、目線の位置に差が出始めたのは中学生の頃だ。アキは平均よりずっと遅く成長が始まった。大人に到達する歳になっても自分に追いつかなかった彼を、ようやく芽吹いた新芽を懸命に広げる若木になぞらえて見てしまう。

だが、ただ庇護《ひご》欲《よく》に駆られて恋愛感情に至ったわけではない。

芯の強さを持ったアキは考えかたも他人とは違っていて、割れたビスケットでも美味しいと教えてくれた時のように、大事なことに気づかせてくれる。

急がなくていい。恵まれた環境を後ろめたく思わなくていい。自分に厳しくしたぶん優しくしていい。期待を裏切ってもいい。

アキが放った数々の言葉は、落ち葉で歩道を埋め尽くす銀杏《いちょう》のように、流星の中に降り積もって世界を黄金色に染めてくれた。疲れて倒れ込んだ時に、柔らかな絨毯《じゅうたん》が躰を優しく受けとめて休ませてくれる。そのまま目を閉じさせてくれる。

そして何より、流星が優秀な成績を収めるたびに浴びせられる高揚した称賛とは違い、花を添えるような祝福を送ってくれるアキに惹《ひ》かれたのだ。

彼のような人はどこにもいない。

決して恵まれない環境の中で、なぜ彼のような人格ができあがるのか不思議だった。アキは本当に不思議だった。

彼を護りたい。いや、違う。どんなことをしても護ってみせる。

流星は改めて自分に誓った。


流星とキスしてしまった。

アキはそのことばかり考えていた。

あのキスが持つ意味を。そこに籠められた流星の気持ちを。

彼がただの戯れであんなことをするとは思えないが、そうでないとするならばあまりに自惚《うぬぼ》れた答えにしかたどり着かず、にわかには信じがたい。

そう思う傍ら、意味などどうでもいいと、その事実だけを噛《か》み締めたがる自分もいる。

仕事が手につかなくなるほど、繰り返しあの夜を思い出しているのだ。唇が触れる直前に感じた流星の息遣いを、再現してしまう。

もう十日も経つのに記憶は鮮明で、少しも色褪《いろあ》せない。

触れ合うだけのキスは、異性を知らない子供がするのと変わらなかった。軽く吸っただけで離れていった。高校生の時、アルバイト先の年上の女性から戯れに唇を奪われた時のほうが、ずっと大人のキスだった。

それなのに、アキの中であれほど強烈に心に刻まれたキスはない。

天国の果実を口にしたような瞬間だった。

熟れたそれは内部に含み持つ果汁を抱えきれず、滲《にじ》み、溢れさせ、滴らせている。発酵して酒となったそれは、口にする者を深く酔わせる。甘く香るからと油断していると、酩酊《めいてい》が全身を包んで放さない。深く、酔い続けるだけだ。

「小川さん」

同僚に声をかけられ、我に返った。目の前には馴染《なじ》みすぎるほどに馴染んだ、日常の風景が広がっている。

「どうかしました？　顔が赤いですけど」

「別に……なんでもありません」

「ずっとぼんやりしてましたよ。風邪ですか？　念のために熱を測ったほうがいいんじゃないですかね？」

施設の特性上、入居者だけでなく職員の体調管理も厳しく行っていた。毎朝の検温はもちろん、少しでも体調に変化があればすぐに熱を測って様子を見る。特にインフルエンザなどが流行《はや》る時期は、集団感染が起きないよう細心の注意を払っていた。

「そうですね。念のため測ろうかな」

火照っている理由を説明できず、アキは体温計を脇に挟んだ。ほどなくしてピピッと電子音が鳴る。

「どうでした？」

「微熱です」

「やっぱり？　じゃあもう上がってください。あと一時間で終わりでしたよね？　今の時間なら比較的人手がいらないから代わりを探す必要もないですし」

「すみません。そうさせてもらいます」

あと五分待てば平熱に戻るだろうが、あれこれ言いわけをするとボロが出そうで従うことにする。

ロッカールームで着替えると、コートを羽織って外に出た。

二月も下旬に差しかかっているが、春の気配はまだ遠い。特に日が落ちてからは気温はグッと下がるためコートは手放せなかった。ここ数日の寒波は、まるで不機嫌な老人のようにずっと蹲《うずくま》ったまま立ち去る様子はない。カラカラに乾いた風が鼻先に囓《かじ》りつく。

はぁ、と吐き出した息は白かった。子供の頃、流星と一緒に何度もこうして遊んだのを覚えている。思い出して小さく笑った。地面を踏みしめる足の爪先がかじかむ記憶すらも、彼とともにあるそれはアキの心を温めてくれる。

「今晩何食べようかな」

アキは自分のアパートではなく、食材の買い出しにスーパーに向かった。けれども途中で立ち止まり、行き先を変える。

あれから兄は姿を見せなくなり、平穏が戻った。流星のおかげだ。しかし、本当にそうだろうか。

この幸せの中に、何か禍々《まがまが》しいものが息をひそめて隠れている気がした。それはまだ自分の出番ではないと身を隠しているだけで、いつ飛び出すかわからない。

そんなふうに感じるのは、身にあまる幸運が怖いのかもしれない。いつか誰かに譲り渡すはずだった流星との未来を想像する出来事――それが次の瞬間に奪われる想像をして、バランスを保っている。

着いたのは、兄のアパートだった。いざここまで来るとどうしていいかわからず、佇《たたず》むことしかできない。

会おうと思ったわけではなかった。せっかく流星が追い返してくれたのだ。金の無心をするたびに暴力的になる兄とは、距離を取ったほうがいい。

暗くなってきているが、部屋に灯《あか》りはついていなかった。寝ているのか、あるいは電気をとめられているのか、単に留守なのか。

その時、楽しそうな男女の笑い声が聞こえてきた。咄嗟《とっさ》に身を隠す。

兄だった。派手な服装の女性二人と連れ立って歩いている。酒を飲んでいるのかかなりご機嫌で、女性の耳もとで何か囁《ささや》いたあと、また声をあげて笑った。

そのままアパートに入っていくのを見届ける。

アキの部屋の前で金の無心をし、流星に追い返されたのは十日ほど前だ。金の問題が解決したのか。誰かに借りるメドでもついたのか。パチンコで勝ったのか。

考えたところで答えは見つからず、軽く顔を左右に振って踵を返した。

帰ろう。

関わらないほうがいい。このまま縁が切れてもいい。それを寂しいと思うのは、甘ったれた考えだ。父の暴力から護ってくれた優しい兄は、もういないのだから。

兄のアパートから駅までの道は、住宅街の中を通っていた。建ち並ぶ一軒家の窓からは、アキが手にできなかった幸せが漏れている。どこからかカコーン、と洗面器の音が響き、子供の歌声が微《かす》かに聞こえた。

小さかった頃はそれらを羨んだこともあったが、今は穏やかな気持ちで聞いていられる。きっとそれがなくても、幸せだと感じる瞬間をたくさん手にしたからだろう。

寒さに肩をすぼめて歩いていると、着信が入った。黙ってスマートフォンを出し、ハッとする。流星だ。

心臓がトクトクと音を立てていた。触れるだけのキスを思い出し、また少し体温が上がる。軽く息を吸い、電話に出る。

『アキ』

どこか思いつめた流星の声に、ドキリとした。何かを背負っているような、苦しげな声だ。

なぜ、そんなふうに自分の名前を呼ぶのか――。

「うん、俺。どうかした？　なんか声が変だ」

『そうか？　お前の声は相変わらず和むけどな』

ふっと笑う気配に、この前のキスの答えを告げられた気がした。決して軽い気持ちではなかったと。同じ気持ちを共有している者同士という確信すらあった。

そのことに安堵するが、流星の囁きに伴う疲労は気のせいでは済まされないほどで、心配になる。

『あれから兄貴とはどうだ？　また金をせびりに来てないか？』

「うん、大丈夫。流星が追い払ってくれたから、あれからぱったりって感じ。それより流星のほうが心配だよ。仕事大変なんだろ？　なんだか声がすごく疲れてる」

『まぁな。最近泊まり込みも多くて。だからかけたんだよ。お前の声に癒やされたくて』

前にも似たようなことを言われたのを思い出し、目を細める。

胸がいっぱいになるが、流星は咲き誇る花々の中に佇むアキに対し、それでも両手で抱えきれないほどの花束を渡そうとするかのように大切な言葉を贈ってくる。

『この前の、ただの勢いじゃないからな』

噎《む》せ返る香りに目眩《めまい》がした。

心臓がトクトクと鳴っている。これ以上言葉にされれば、有りあまる幸せに耐えきれず破裂してしまうかもしれない。

『慌ただしく帰って、そのままだっただろう？　先輩の検事が交通事故で入院したから、処理する事件が増えて連絡もできなかった』

「大変なんだね」

仕事のことにしか触れられずにいると、ふと笑う気配がする。

『そう来るか』

あの話題を避けたいのではない。頭が働かないのだ。直前の内容に反応するのが精一杯だ。

流星にもそれがわかったのか、余計なことは挟まずにストレートに伝えてくる。

『アキが好きだ』

息がつまった。

言ってもらえるとは思っていなかった。期待もしていなかった。それなのに、流星は溢れんばかりの幸せを差し出してくれる。

『アキが好きだからキスした。またしたい』

冷たい風にまた鼻先を撫《な》でられるが、コートに包まれた躰は熱かった。満たされた心が起こす反応に、細胞ひとつひとつが反応している。冷えた空気が心地よくすらあった。

寂れたアパートから漏れる灯りを見ながら、子供の頃を思い出す。ずっと彼の存在があったことを。

『何か言ってくれ』

「俺も……」

続きが言葉にならなかった。声をつまらせながら、一番目ではなく、次に伝えたいことを口にしてしまう。

「なんで電話で言うんだよ」

『悪かった。こんな大事なことは、ちゃんと会って話すべきだよな』

「違う。そういう意味じゃ」

アキはどうしたらこの気持ちが伝わるだろうかと考えた。

夢みたいなことが起きていると、伝えたい。会いたいと、伝えたい。会って、触れ合える時に言って欲しかった。声だけ聞かせられるなんて、いくらなんでもオアズケが過ぎると不満のひとつも漏らしたくなるのだ。

『じゃあ、どういう意味だ』

「電話でそんなこと言われたら……次に会うまで、その……待ちきれない」

『仕事中の俺にそれを言うか、お前は』

くそ、と小さく毒づく流星がいとおしかった。常に冷静でどんな場面にも対処する彼の口から出た本音には、愛情を感じる。

「今日は遅くまで仕事なんだろ？」

『ああ。今日は自分のマンションには帰れそうにないな』

会いたい。

それを口にしたら、無理にでも会いに来るかもしれない。だから、我慢した。

「流星。今日言った台詞《せりふ》、今度会った時にもう一回言って」

『アキ』

「もう一回、俺の前で……俺に直接。そしたら……」

何を言おうとしているのだろう。

同じことを面と向かって言われたら、どうするつもりだろう。

『わかった。もう一回言う。だから、覚悟しとけよ』

震えた。

脅すような言葉は全身に甘い痺《しび》れを運び、アキを喜びの渦に巻き込んでしまう。それはこれまでに感じたどんな幸福とも違っていて、衝動的で抑えの利かない獣のような自分が姿を現すのだ。二度と、その存在を否定できない。

「うん。ちゃんと覚悟しとく。流星、好きだ」

遅れて告白すると、アキの言葉を使って彼は想《おも》いを伝えてくる。

『それ、次に会った時にもう一回言ってくれ』

「うん。わかった」

『じゃあ、一時間後な。お前のアパートで』

え、と声が漏れた。意味がよくわからない。混乱している。

『今日は自分のマンションには帰れそうにないって言っただろ?』

言葉が出なかった。『次に会った時』が一時間後のことだと、誰が思うだろうか。だが確かに、流星は自分のマンションに帰れないのが仕事のせいだとは言っていない。

まさかこんな罠《わな》を仕掛けてくるだなんて――。

彼らしいやりかただった。自分より遥《はる》かに大人で、心乱される。だからこそ、アキの手を軽やかに躱《かわ》して笑う彼を捕まえたくなるのだ。

一時間が今ほど複雑に過ぎていったことはなかった。

アパートに戻ったアキは、どんな顔で流星に会えばいいのかわからず、戸惑いながら時計を見た。電話を切ってから四十分ほどが過ぎている。約束の時間まであと二十分。

たったそれだけの間に、アキの頭の中ではさまざまなことがよぎっては消え、よぎっては消えしていた。

部屋を片づけようか。飲みものを用意しようか。いや、その前に部屋を暖めておいたほうがいい。今夜から寒波が近づいているのだから。

兄のアパートからここに帰ってくるまではあっという間だったのに、部屋で待っていると、一分一秒がやたら長く感じた。

何度時計を見ただろうか。約束の時間を三分過ぎたところで、一人で待つことが耐えがたくなる。自分を落ち着かせるためにカーテンを少し開け、かつて流星が立ってアキを遊びに誘った空き地を眺めた。近くに街灯はないが、アパートの窓から漏れる灯りに照らされて微かにその様子がわかる。

小雪がチラチラと降り始めていた。

寒の戻りと情報番組で気象予報士が注意を促していたが、一度降り始めるとあっという間に吹雪《ふぶ》いてきて、雪は視界を覆うほどになる。

心の乱れを映し出しているようだ。下から巻き上げられるように舞い、渦を巻き、翻弄されている。不規則な動きは、アキの心そのままにより激しさを増していった。視界を覆い尽くすほどのそれに、右も左もわからなくなる。

その時、チャイムが鳴った。

あの電話が現実だったことに安堵し、ドアを開ける。

「悪い、七分遅刻だ。タクシーぶっ飛ばしてくるつもりだったけど道路の状態が悪くて」

自分を見下ろす幼馴染みが、どうしようもなく魅力的な男に成長しているのを見て、胸が締めつけられた。

ああ、なんて美しい人なんだろう。

乱れ降る雪を背負うように立つ幼馴染みに、ただそればかりを思う。部屋に招き入れる余裕すらなく、玄関先で彼を見上げていることしかできなかった。

コートに身を包んだ流星の髪や肩に、白いものがわずかに積もっている。

彼の後ろで舞う雪は静かなのに激しく、窓越しに眺めるそれ以上に己の状態を自覚させられた。アパートの廊下まで降り込んでくる雪は、流星を独り占めしようと手を伸ばしているようだ。このまま吹雪の中に取り込んで、二度と手放さないと訴えている。

それは、アキの奥に息づく彼への独占欲を映し出したものだった。

「一方的に来るって決めて悪かった。でも、次に会うまで待ちきれないなんて言うお前も悪い。

仕事するつもりだったのに」

ごめん、と言おうとしたが、口から出たのは自分でも予想していなかった言葉だ。

「流星、好きだ」

いきなりこんなことを言うと思っていなかったのか、流星は一瞬驚いた顔をしたあと、玄関に入ってくる。

ドアが完全に閉まり、彼の背後に広がっていた闇に白く踊る雪が遮断されると、うるさかった視界が静けさに包まれた。誰にも邪魔されない空間に二人きりだ。

呑み込んだのかもしれない。

彼を強く想う吹雪の中に。激しい独占欲の中に。

嵐の中心は、いつも静かだ。

「流星が好きだ。お前が、ずっと好きだった」

「俺もだ」

腕を取られて強く引き寄せられると、きつく抱き締められる。小さく呻《うめ》き、そのまま身を任せた。

ああ、どうしよう。

ずっと心の底で欲しいと思っていた流星を手に入れた。自分には過ぎた相手だと諦めていた彼の心を摑んだ。喜びに心が乱れてならない。幸福に溺れそうだなんて、そんなことが本当にあるのだろうか。

「アキ、好きだ」

「うん……っ」

唇を奪われ、目を閉じた。軽く触れ合うだけだったそれとは違い、今夜はやけに性的な色を濃くしている。柔らかな唇で吸われ、舌先で唇を開かされる。ぬるりと滑り込んできたそれに怯《ひる》むと、歯列の隙間からさらに奥へと侵入される。

流星の思うまま舌を絡め取られ、無遠慮に口内を探られた。ぬるぬるとしたものを意識で追うことしかできず、溢れる唾液をコクリと呑み込んだ。

「ぁ……ん、……んぁ、……ぁ」

はぁ、と息を漏らす流星がいとおしくてならない。

いったん唇を解放され、見つめ合った。

端整な顔立ち。子供の頃から他のクラスメイトにはない特別な造形だった彼は、大人になり、男らしい骨格を手にしてさらに深い魅力を纏うようになった。ただ一点を指し示す羅針盤のような潔さはそのままに、かつて少年だった曇りない瞳には、それだけではない、憂いや苦悩をも内包している。複雑な色を取り込んで、魅力的に変化している。

仕事を通じて覗《のぞ》き見る世の中が、流星に影響を与えたのかもしれない。時には、返り血を浴びるように泥を被ることがあったのかもしれない。

それでも彼が、何かひとつの信念を持って歩んでいるのは確かだった。たとえどんなものを見ようが、揺るがない強さを流星から感じる。

「好きだ、アキ」

「うん、俺も。俺も流星が好きだ」

額と額をつき合わせたまま互いに告白し、唇を重ね、再び見つめ合う。こうしている相手が誰なのか、確かめずにはいられなかった。

「仕事、大丈夫、なのか……？」

「今言うかよ」

クッ、と喉の奥を鳴らすような笑いかたが色っぽく、他のことなどどうでもいいという気持ちになった。今は感情のままに流されたい。

「ん、ん、……ぅん……」

流星の荒っぽい息遣いと男っぽい喘《あえ》ぎを聞きながら唇を開く。キスだけで下半身が熱くなってきて、下着の中で自分の中心が窮屈だと訴えてくるのを、恥ずかしさとともに感じていた。

靴を脱ぎながら上がり込んでくる流星に、部屋の奥へ押し込まれる。

玄関に転がった彼の靴に、興奮を覚えた。厳しく躾《しつ》けられた流星が、あんなふうに靴を転がしておくなんて、あり得なかったのに。

怖いくらいに積極的な流星に一瞬怯んだアキだったが、ふと思いやりを見せられる。

「最後までできなくてもいいから」

「りゅうせ……、――んぅ……っ」

子供の頃から住んでいたアパートでこんなことをしているのが、より羞恥心を煽《あお》った。

父親がいない時に、流星と一緒に宿題をした部屋。一緒に遊んだ部屋。漫画を持ち込んで一緒に読んだ部屋。帰ってくる予定でなかった父の足音を聞き、窓から飛び降りた部屋。

この部屋は全部知っている。

成長していくアキと流星を見てきた部屋の中でこんなことをするのは、親に覗かれているようで、よりいっそう昂《たかぶ》った。流星の熱情に一気に押し流される。

畳の上に押し倒されたアキは、コートを着たまま覆い被さってくる彼の躰を受けとめた。

「ぁあ……、……っふ、……ぅん、んっ、んん、――んぅ」

見つめ合い、ちゅ、と音を立てて唇を何度も吸われる。唾液で濡《ぬ》れた流星の唇を眺めていると触れたくなり、指でなぞった。すると、いきなり嚙みつかれる。

「ぁ……っ」

柔らかな舌と硬い歯の感覚が同時に襲ってきて、ぞくぞくと背筋に甘い戦慄が走った。さらにそれを見計らったような濃厚なキスで翻弄される。

「うん……っ、ぅう……ん、……ん……っふ、……りゅ、せ……、……ぁ……っ」

熱い吐息とともに彼の名前を呼ぶと、熱っぽく「アキ」と囁かれた。ベルトに手をかけられて我に返るが、すでに火のついた欲望を抑え込む術《すべ》は他にない。

「楽にしてやる」

あ、嘘《うそ》……、と信じがたい思いでそれを見た。

子供の頃からの二人を知る部屋から隠すように、コートの下ですぐに限界を超えそうな自分が取り出される。耳まで熱くなった。けれども流星はやめようとはしない。

流星の長く、男っぽい指が自分の中心に触れるのを見届け、わずかな理性を捨てて身を任せた。


雪の気配を感じて目を開けた。

部屋の隅に追いやった座卓の上に、流星のコートが無造作に置かれていた。スーツの上着もだ。ネクタイは畳に放り出されている。

カーテンは閉まっており、外の様子は見えなかった。戯れの余韻が残る部屋は暖かく、外気温などわからない。それでも窓の外が銀世界なのは、確かだ。

ふと、窓とは逆側に、肘をついて躰を横たえる流星がいるのに気づき、言葉を探す。

「あー……、その……ごめん」

最後までできなかった。あれでよかったのかと、アキの欲望を受けとめた手を見て、二人で興じた行為をふり返る。たったそれだけで、アキの心臓は再びトクトクと高鳴った。

互いのものを握り合い、快感を探していく行為を、独り寝の夜に何度も思い出してしまうかもしれない。

「ま、次がある」

軽く言われ、あの行為からさらに踏み込んだら、自分はどうなるのだろうと想像した。

どちらかというと淡泊なほうだと思っていたのに、思いのほか深い欲望を持っていたことを知ってしまった。さらなる欲深さをさらけ出さずにいられる自信はない。

流星は、思いたったように窓に近づきカーテンを開けて外を覗いた。雪はやんでいて、動くもののない白い世界が広がっている。闇にうっすらと浮かぶ雪は、この世のありとあらゆる音を吸い込んでしまったかのようだ。物音ひとつしない。

だからなのか。

カーテンが閉まっていても雪の気配を感じたのは……。

「どうかした？」

「アキが好きな景色を見ようと思ってな」

こんな些細《ささい》な言葉にすら、流星の気持ちが表されているようで嬉しかった。

自分が好きなものに興味を持ってくれる。なぜ好きなのか理解しようとしてくれる。

それは、時に「愛している」と囁かれる以上の喜びを与えてくれるのだ。子供の気持ちなど顧みない父親に育てられたからか、より強くそう思う。

「やっぱり俺には普通の景色にしか見えないぞ」

笑った。

どこにでもある景色の中にアキが心惹かれる何かを見つけ出そうとする視線は、子供のそれだった。混じり気のない瞳は、今も透きとおったままだ。

給食費の滞納を責める教師から、アキを救った時と変わらぬ目――。

それは、ずっとアキを護り、勇気づけてくれた。

「それはそうだよ。流星には絶対に見られない景色があるんだから」

「なんだ。それは俺には情緒がわからないって意味か？」

ふて腐れたように言う流星がいとおしく、彼と出会えたことに感謝せずにはいられなかった。決して恵まれた家庭環境ではなかったはずだ。それなのに、これほどの幸せを手にしている。まるでそれまでのつらい経験が、彼と想いを重ね合う布石であったかのように。

アキはこの人を幸せにしたいと思った。

抱えきれない喜びをくれた相手に、自分の手で同じように喜びを与えたい。

「流星が立ってたからだよ」

雪に覆われた世界を眺めながら、アキはそう言った。

「俺が?」

「そう。父さんの目を盗んで来てたからさ、空き地からいつも呼んだだろ?」

流星が自分をじっと見ているのが、視界の隅に映っている。

「父さんに殴られたあととか、痛くて悲しくて、惨めで、本当につらかった。でも、そんな時に石ころを壁に当てる音がするんだ。窓から顔を出したら、空き地に流星が立ってるんだよ。雑草の中に、お前が笑いながら立ってるんだ」

「アキ……」

「流星」

噛み締めるように名前を唇に乗せ、視線を合わせる。

「流星が遊びにくるのが楽しみだった」

ずっと伝えたかった言葉を口にした。

友人という境界線を越えた今なら言える。言いたかった言葉を伝えられる。それだけでも、幸せで胸がはちきれそうだ。

「お前がいたから、俺は生きてこられた。流星がいてくれたから……、――っ!」

いきなり抱き締められた。

流星がゆっくりと深呼吸する。アキもそれに倣った。こうして躰を密着させているだけでも、心が震える。

「お前な……相当のたらしだぞ」

顔は見えないが、くぐもった声に感じるのは涙の気配だ。泣くような場面ではないのに、なぜそんなふうに声が濡れるのかわからなかった。ただ、抱き締めてくる腕に籠められた力の強さが、彼の想いが確かなものだとアキに伝えてくるようで、手放しに信じられる。

いつまでもこの幸せが続けばいいいと思った。

いつまでも。

神様は子供の頃から意地悪だった。

アキは幾度となく経験した感覚を味わっていた。父の機嫌がいいと油断している時に、何かが起きる。そして殴られる。そんなことの繰り返しだった。

ご馳走《ちそう》の載った皿を、手を出した直後にさげられるようなものだ。ひどい空腹から解放されたと思っても、すぐに同じ苦痛を味わわされる。

ようやく摑んだ幸せをアキの手から奪うように兄が職場に姿を現したのも、そんなタイミングだった。

「よ、アキ」

「兄さん……」

完全に油断していたアキは、仕事の帰りに施設の外で待っていた兄の姿に、何か悪いことの予兆を感じた。幸せは続かない。子供の頃に無意識に植えつけられた意識が顔を覗かせる。

流星と最後に会ってまだ一週間も過ぎていないのに。

やはり、自分が幸せを手にすれば何かが壊しにくる。

「お疲れ様でーす」

同じ時間に上がった職員が、アキに声をかけて駅のほうへと歩いていった。ハッとなり、できるだけ笑顔を心がけて挨拶を返し、兄を促して施設から離れた場所へ移動する。

「何しに来たの？」

「なんだよ、そんなに怯《おび》えるなよ」

そんなふうに言われても、目的が何か確かめるまでは安心できなかった。流星と気持ちが通じ合った幸せに浸る暇もなくこうして現れることこそ、兄が自分の幸せを壊す存在の証《あか》しに思える。

音を吸い込むような純白の雪が降ったのが嘘のように、今日は随分と暖かかった。道路の隅には溶けかけた雪が残っているが、汚れて灰色に染まったそれにあの時の面影はない。シャーベット状になり、無残な姿を晒《さら》していた。

それは、これから起きることを示唆しているようだ。

「お金は渡さないよ。来ても無駄だから」

殴られる覚悟で、アキはきっぱりと言った。

自分を好きだと言ってくれた流星に見合うだけの人間になりたかった。情に流されて判断を狂わせるわけにはいかない。だが、アキの予想に反して兄は上機嫌でこう返す。

「今日はそういうことで来たんじゃないんだよ」

意外だった。しかし、にわかには信じられない。サディスティックに嗤う彼が何を運んできたのか。ひとつわかるのは、幸運とは言いがたいものを受け取らないでは済まないということだ。おそらく、避けられない。

「じゃあ、どういうこと？」

「なぁ、お前は親父がどうして消えたんだと思う？」

なぜ父親の話になるのだろう。そんなことがアキにわかるはずがないのに。

「俺にはわからないよ。育てた恩を忘れて家を出るって言った俺が嫌になって、何もかも放り出したくなったのかも」

ハッ、と鼻で嗤われた。その顔には、すべてを知っている者の傲慢さと無知で愚かな者を見る蔑みに満ちている。

「お前は気楽でいいよなぁ。世間知らずっていうかさ」

「どういう意味？」

「俺、見たんだよ。あいつと親父がいるところ」

「え？　ほんと？　いつ？　最近？」

次々と質問を浴びせると、また嗤われる。

「親父が消えた日だよ」

心臓が重く収縮した。

センター試験の前日——。

それは、アキの心を揺るがす特別な日だ。

自分を落ち着かせようとゆっくりと息を吸ったが、すんなりと酸素が入ってこない。

ずっと心に抱えていた。流星があの場にいたのではないかという疑問を。その可能性を否定しながらも、どこかで現実だったのではと自問していた。

「お前、親父に滅茶苦茶に殴られただろ？」

「知ってたんだ？」

「外まで声が聞こえてたからな」

知っていたのに助けにも来なかった。

だが、それはたいした問題じゃない。それよりも、あの夜について知っていることのほうが重要だった。何があったのか見たのなら、詳しく教えて欲しい。

そしてなぜ、流星が嘘をついたのか。

「俺が家を出たあとの親父の執着、ひどかっただろ？　全力で縋《すが》ったよな？」

高校生の頃を思い出して、息苦しくなった。

心にかかる重圧が再現されたように、吐き気をもよおす。

アルバイトをするようになって空腹を水で紛らわせるようなことはなくなったが、状況がよくなったとは言えなかった。

あの頃は、家でよく吐いた。父の足音を耳にしただけで、酸っぱいものが込みあげてきたこともある。暴力に耐えうる躰に成長していたが、ひどくなったのはむしろ精神的な抑圧だ。

父と二人きりの生活は息苦しくて、いつも酸素を求めていた。

特に行方不明になる前の半年くらいは、病的とも言えた。少しでも帰りが遅くなると、どこに行ってただの、何をしてきただの聞いてくる。お前も俺を捨てるんだろうと言って、泣いたこともあった。兄の独り立ちが、父の酒癖を悪化させたのは言うまでもない。

流星がいなければ、とうに心は潰れていた。

「親父の暴力は度を超してたよな。異様な目で、殺しかねない勢いでぶん殴る」

「アパートを出た兄さんが、どうして知ってるんだよ、そんなこと」

「お袋に対してもそうだったからだよ。自信がないから、いつも捨てられる恐怖を抱いてたんだ、親父は。だから暴力で紛らわしてた。お袋が病気で死んだのは親父のせいだ」

確かにそうだ。兄の言うとおりだ。

その頃を思い出したからか、酸っぱい唾液が溢れてきた。父の足音を聞いた時と同じだ。あの音だけでも、胃の中を手でぐるぐると掻き回されているような不快感に見舞われる。胃ごと躰から出してしまいたくなる。

「どうかしたか、アキ。顔が真っ青だぞ」

「なんでも……ない、ちょっと、風邪気味なのかも」

嘔吐《おうと》しそうなのをなんとか堪《こら》えるが、躰が冷たくなっていくのがわかる。脂汗が滲み、アキは額を拭いながらあの夜の記憶を辿《たど》った。

はっきりとした映像として蘇《よみがえ》る父の姿。何度も殴られ、耐えながら待つしかなかった。兄に続き弟まで自分を捨てるのかと恐怖に駆られた父が、それを怒りへと変貌させた夜。

本当に殺されると思った。確実に自分は死ぬのだと。

なぜあれほどの怒りが収まったのか。ある人の存在が、脳裏に浮かんでくる。

「お前が殺されずに済んだのは、とめた奴がいたからだよ」

「兄さん、やめてくれ」

「親父をとめた奴がいたんだ」

認めたくない現実に、アキは全身で嘆いた。力が抜け、膝が震える。立っているのがやっとで、地面が崩れ落ちていく感覚だった。

「あいつは親父を宥《なだ》めたあと、一緒に車に乗ってどっかに行った」

「そ、そんなはずないよ」

反論するが、記憶と一致する。確かに、流星はあの場にいた。必死に父をとめる声は、ありありと蘇ってくるのだから。

「だって……っ、流星はセンター試験の前の日だったんだ。俺のところに……来られるはずがない。大事な受験の前日の夜に外出なんて、流星の両親が許さない」

声が震えていた。そんなはずはないと言いながら、何を恐れているのか。自分でも説明のつかない恐怖に見舞われている。喉がカラカラに渇いているのは、乾燥した空気のせいではないだろう。息を吸うと、ヒュウ、と掠《かす》れた息が漏れた。

「それに……現役合格もしたんだよ。あんな偏差値の高い大学に……っ、あり得ないよ。絶対にあり得ない」

兄の言葉を否定するほど、それが事実だと肯定しているようだった。兄は満足げに嗤いながら、そんなアキを眺めている。

言葉を尽くすほど本音が漏れていると、見透かされているのと同じだ。

「だから、兄さんの見間違えに決まって……」

「アキ」

遮られ、恐る恐る兄を見ると、やはり嗤っている。

追いつめた獲物にトドメを刺すように、兄は朗らかに言った。

「なぁ、金貸してくんない？」


ずっと思い出せなかった。

アキは兄から告げられた事実に、長年靄《もや》の中に隠れていたものが姿を現す。

ここ数日、現実味がなく、どんなふうに過ごしたのか細かいことは覚えていなかった。いつもどおり出勤し、いつもどおりに仕事をして日常生活を消化しているだけだ。

食欲が湧くはずもなく、買ってきた弁当の半分も食べないうちに片づけた。休憩時間があと三十分ほどあるため、社会福祉士の参考書を出す。来年の試験に向け、隙間時間を使って勉強を始めているが頭に入ってこない。

頭に浮かぶのは、父が失踪する直前のことだ。

激しい暴力に晒された夜。自分の命が尽きると確信した夜でもあった。気を失う直前、ずっと支えてくれた人の姿を見て死を覚悟しながらも、流星がいた人生は幸せだったと思った記憶がある。

「そんなはず、ない」

兄から教えられたことを、頭の中で繰り返す。

父が失踪する直前に流星がアパートに来て、アキを殴る父をとめた。そして父の運転する車でどこかへ行った。

告げられた事実は、ある可能性を示唆している。

あれほど渡さないと決めていた金を兄に渡したのは、それが決して低くないからだ。十万というアキには安くはない額だが、そうするしかなかった。

流星と約束したのに。

けれどももし、自分を護るために流星が父と揉めて殺してしまっていたら——。

考えただけで恐ろしかった。輝かしい未来が待っているはずの流星を、自分のために、自分のみすぼらしい人生を護るために、流星が足を踏み外すようなことをしてしまったのなら、償いきれない。

「……流星」

肘をついて両手で頭を抱え、ため息を漏らす。

その時、ガチャン、と大きな音がして、躰が跳ねた。心臓がものすごい勢いで血を送り出している。

「すみません。手が滑っちゃって」

職員の一人が、重ねて置いてあった掃除道具を倒しただけだった。幼少期に受けた心の傷のせいで大きな音が苦手とはいえ、この程度で驚くことはなかったのに。

兄の話を聞いて、神経が過敏になっているのかもしれない。

少し前に、流星と幸せな時間を過ごしたのが嘘みたいだった。あの時は、ただただ満たされていた。しかしよくよく思い返すと、あの日、電話の第一声はどこか思いつめていた。呼ばれた自分の名前に、何かを背負っているような苦しげな声だと感じたはずだった。

告白された嬉しさのあまり、その違和感を無視した。部屋に来てくれたことが嬉しくて、目をつぶった。

気のせいであって欲しいという願いのままに。

気持ちを切り替えようと席から離れて窓際に立ち、ぼんやりと外を眺める。五分ほどそうしていただろうか。着信が入り、我に返る。流星だ。

トクトクと心臓が鳴った。

兄から聞いたことが事実なのか、確認したい。もしかしたら、そんなの嘘に決まってるだろ、と笑われるかもしれない。明るく言われれば、流星を信じる。

だが、アキの思惑は外れた。突然告げられたのは、予想もしなかった言葉だ。

「え、亡くなった?」

『ごめん。一週間くらい実家に戻るから電話した。そのうち飯喰おうって約束してたのに、しばらく連絡できないかもしれない』

「いいよ。それより通夜と葬儀の日程は決まったの?」

『ああ。俺は仕事で遅れて行くけど、親父たちが段取りしたから問題ないよ』

場所と時間を聞いてメモする。疲れきった声に心配になった。

厳しい両親とは違い、おおらかな祖父にかわいがってもらったのは知っている。アキは一度も会ったことがないが、流星にとって大事な存在だったのはわかる。

「無理してない？」

『ああ、お前の声聞いたら少し落ち着いたよ』

軽く笑っているが、それでも疲れは隠せない。今すぐにでも彼のもとへ行き、支えたかった。

たとえ自分にそんな資格がないとしても……。

「夜なら行けるから、俺にできることがあるならなんでも言って」

『ありがとな。じゃあ』

電話を切ったあとも、彼が心配で仕事が手につかない。

定時になるとすぐにアパートに戻り、喪服に着替えた。到着する頃には、すでに日は暮れている。葬儀場の駐車場は車でいっぱいだった。大勢の人が別れに訪れている。

アキは受付で香典を渡して名前を記入したあと会場へ入った。親族席に流星の姿はなかったが、両親の姿が確認できる。子供の頃、何度か家に行ったことがあるが、随分と年を重ねた印象だ。手作りのビスケットをみんなに配る母親の姿が思い出される。

遠くから二人の様子を眺め、参列者席に座った。しばらくすると、仕事を抜け出してきた流星が遅れて親族席につく。

通夜はしめやかに営まれた。参列者は多く、声をかけられる雰囲気ではなかった。そのまま帰るつもりだったが、アキに気づいた流星が建物の外まで追いかけてくる。

「アキ！」

流星、と口にし、目の前に来るまで彼の姿を瞳に映していた。やはり、疲れは隠せない。目の下のクマが寝不足を物語っている。

「来てもらって悪いな」

「水臭いこと言うなって。子供の頃は別荘に遊びに行っただろ？」

両親よりもずっと意気消沈している流星を見て、心配になった。

教育熱心で厳しかった両親とは違い、流星の祖父は自由人の印象だ。別荘をＤＩＹで改装しようとしていたことからも、遊び心があったのは間違いないだろう。

「ちゃんとお別れできそう？」

「まぁな。長く患ってたから、祖父《じい》ちゃんもこれで楽になれる」

「俺に何かできることある？」

「少し一緒にいてくれないか？」

「もちろんだよ」

人がいないところのほうがいいだろうと、葬儀場を離れて歩道を歩き、マンションの駐輪場の植え込みに腰を下ろした。街灯が優しく辺りを照らしている。

「寒くないか？」

「俺は平気だよ。流星こそスーツだけで寒いだろ？」

「まぁ、少し」

隣り合って座る流星が、軽く躰を傾けてきた。肩を貸すと頭を預けてくる。その重みを感じていると、彼への気持ちがありありと浮かんでくる。

彼が望むなら、何時間でもこうしていたい。これだけで疲れた心が癒やされるなら、いつまでも動かないでいられる。

「流星、仕事も大変なんじゃないか？」

「あんまり寝てない」

兄から聞いた話を思い出したが、今はそのことに触れるつもりはなかった。今は少しでも流星の心を癒やしてやりたい。

「祖父ちゃんは、うちの親戚の中で唯一の自由人だったんだ」

「うん、知ってる。別荘に行っただろ？」

流星が、ふっと笑った。あれは、二人でした最大の冒険だった。バスと電車に揺られて四時間。知らない土地に降り立った時や、山の斜面を登った先に立つ別荘を見た時のわくわくが蘇ってくる。

「いろんな道具があって。子供の頃って工事現場とかも好きだよね。なんでだろ」

流星は「ああ」と相づちを打っただけだが、一方的に話をした。以前、自分の声が和むというようなことを言われたからだ。内容など伝わらなくていい。ただ、声を届けられたらいい。それだけのために、思い出を口にする。

「だけど、まさか地下室に閉じ込められるなんて思わなかったよ」

たった一度しか行ってないのに、今でもあの地下室の様子ははっきり浮かんでくる。床はコンクリートで壁がレンガになっていて雰囲気があった。

エドガー・アラン・ポーの小説『黒猫』みたいだと流星が言ったのは、少し前に学校の図書室にあったのを二人で読んだからだ。黒猫の胸に浮かんだ模様が次第に絞首台に見えてくるのが不気味で、身を寄せ合った。殺した妻の死体を壁の中に埋めるシーンにも震えた。

地下室は小説の雰囲気そのままで、天井からぶら下がった小さな電球が印象的だったのを今もよく覚えている。

「『黒猫』の舞台そのまんまでさ、壁の中から猫の声が聞こえてくるんじゃないかってドキドキしてたよ」

「そういやそうだったな」

閉じ込められたのは、来るはずのない流星の父親が忘れ物を取りに来たからだった。父親の車が敷地に入ってきた時に気づいて地下室に隠れたのはよかったが、そこに子供がいると知らず地下室のドアを施錠された。

「一人で別荘に行くのは禁止されてたから、焦ったんだ」

「運が悪かったよね」

空腹の中、誰か大人が来てくれることを祈りながら流星と蹲った夜が懐かしかった。アキの肩に頭を預けていた流星が、よりいっそう躰を傾けてくる。

つらい時は寄りかかって欲しくて、背中をゆっくりとさすった。

全身で受けとめるから、と。

「あの時はどうなるかと思ったよ。アキを巻き込んでしまったって」

「でも、嫌な思い出にはなってないんだ。流星のおかげで、なんとかなるって信じられたからかな」

一晩中励ましてくれた。今度は自分が励ましたい。まだ大丈夫、死んだりしないと信じられたあの時のように、今度は自分が安心させてやりたい。

流星が躰を離すと、まっすぐに気持ちを届ける。

「流星がいたから、朝まで泣かずにいられたんだよ」

「でも滅茶苦茶怒られたって言ってただろ」

「うん。でもあの時は兄さんが庇《かば》ってくれたから、俺じゃなく兄さんが殴られたんだ」

ふいに、流星の顔色が変わったように見えた。先ほどから反応が薄い。元気づけたかったのに、自分は見当違いのことをしているのではないかという気持ちになった。

もしかしたら、この話は今の状況にそぐわなかったのかもしれない。

「どうかした？」

「あ。いや、なんでもない」

表情を緩める彼はいつもどおりの彼で、得体の知れない不安だけが残る。一瞬垣間《かいま》見《み》えたものが何を暗示しているのか。それともただの気のせいか。

その表情に手がかりを探すが、一度逃すともうどこにあるのかわからない。

「流星！」

葬儀場のほうから声が聞こえた。喪服姿の男性は、流星の父親だろう。こっちに来いと手招きしている。アキは立ち上がってお辞儀をした。

「悪い、戻らないと」

「そうだね。ごめん、バタバタしてるのに」

「なんでアキが謝るんだよ。俺が引きとめたんだぞ」

もう一度流星の名が呼ばれると、「じゃあ」と手を挙げて戻っていった。その背中を黙って見送る。

流星の様子がおかしいのは、なぜだろう。警告のように、兄から聞いた話が脳裏をよぎる。

子供の頃から頼りになる存在だっただけに、今の流星の儚《はかな》さが怖くてならなかった。

葬儀場に戻った流星は、次々に挨拶に来る参列者の対応に追われた。

今晩は葬儀場に泊まる予定だ。遺体の傍《そば》にいて一晩中線香を焚《た》き続けなければならない。疲れた両親の代わりに流星がその役目を担い、二人には早めに休んでもらうことにした。十一時を過ぎて参列者の姿が途切れると、母を促す。

「お袋、もう着替えろよ。あとは俺がやるから」

「そう？　悪いわね」

葬儀場の職員が淹《い》れてくれた茶に口をつけた。祖父の遺体が収められた棺桶《かんおけ》を離れたところから眺める。しばらくそうしていると、襖《ふすま》が開いて父が入ってきた。

「ああ、親父。伯父さんたちは？」

「気晴らしに出たよ。花枝《はなえ》さんがどうしてもパンケーキ食べたいらしくて、タクシーでファミレスに行った。まったく、いい歳した大人が……」

「大人でもパンケーキくらい食べるだろ」

「こんな時だぞ」

何が『こんな時』なのか。父親の考えかたについていけない時があるが、今は無理に理解しようとは思っていない。

関西に住んでいる父の兄は通夜に間に合うように東京《とうきょう》入りしたが、さらに遠くにいる妹夫婦は息子の塾があるからと、葬儀のみしか参列しないと言っている。バラバラな兄弟だ。

「流星、さっき一緒にいたのは誰だ？　外で話してただろう」

「アキだよ。小学生の頃から友達の。わざわざ来てくれたんだ」

「やはりそうか」

何が言いたいのかわかっていた。父がアキを嫌っているのは、昔からだ。子供の頃はアキに対する誤解を解こうと努力したこともあったが、今は諦めている。

『あの子も来るのか。あまり深入りするな』

アキが遊びに来ると聞いた父は、よくそんなふうに言った。深入りとはどういう意味だろうと、子供心にいつも疑問だった。父の険しい表情から、アキと仲良くするのをよく思っていないことだけはわかっていて、流星にはそれが不満だった。

どうしてと聞いても、納得いく理由を教えてくれたことはない。一度、住む世界が違うと言われたのは覚えている。アキの家が貧乏だからかと聞くと、そう単純な話ではないと言われたが、大人になった今は単純だとわかる。

アキのような環境で育った人間とは、関わって欲しくないのだ。アキがどんな人間かなんて、関係ない。

母は父を正義感が強くて尊敬できる人だと、いつも口にしていた。その父が、アキとは深く関わるなと言うのだ。言葉と行動の誤差を、子供心に違和感として捉えていたのかもしれない。法の番人と呼ばれ、人は正しくあるべきだといつも口にしていた父が、アキと仲良くするのを嫌がったのは階級意識があるからだ。

正しく生きようとしている人が幸せになっていないのは、なぜだろう。

いつもそう思っていた。

時々殴られた傷を顔に作って学校に来るアキが、割れたビスケットでも美味しいと言うアキが、なぜ他の子供が経験しない苦労を背負わなければならないのか。

そんな現実の理不尽さに怒りを覚えていた流星は、父への尊敬の念も次第に薄れていった。今はそれを悲しむ心さえ残っていない。

「アキとつき合うと何か困るのか？」

「またそういう言いかたをする。お前はあの子が関わると意固地になるな。父さんはそれが心配なんだよ」

「意固地ってなんだよ。ただ、気が合うから長いこと友達ってだけだろ」

「仕事は介護関係だったな」

「だから何？」

「何も言ってないだろう。なぜそう反抗的になるんだ」

介護職を見下しているのがわかるからだ。誰にでもできる仕事だと思っている。父親の傲慢さには辟易《へきえき》していた。

「この話はやめよう。祖父ちゃんの前だ」

ため息をつく姿は思っていたよりずっと弱々しく、先ほどの態度を反省した。父親の言うことも一理ある。アキが関わると感情をコントロールできなくなるのは、自覚している。

「眠れないんだったら、俺と祖父ちゃんの傍で線香の番するか？」

「ああ、少し話がしたい」

そう言うなり黙りこくる父親を黙って見ていた。話したくなれば話すだろう。しばらく無言の時間が続いたが、父親がふいに口を開いた。

「人が死ぬとこんなに忙しくなるんだな。お袋の時は親父に任せてたから気づかなかったが」

「伯父さんたちと揉めてるのか？」

「揉めるも何も、まだ葬式も済んでないのに兄貴が相続の話を始めるから」

伯父夫婦が夜食を食べに出たのはそういう理由だったのかと、苦笑いする。

「親父の面倒を見てきたのはうちなんだがな」

相続で揉めるなんてよく聞く話だ。前に相続絡みの傷害事件を担当した。金が絡むと、血の繋がりがより大きな憎悪を生むこともある。

「伯父さんなんて？」

「長男の自分が別荘をもらいたいって。花枝さんが老後にカフェをやりたいらしい。あんな山の中まで客が来るはずもないのに。周りは森だぞ?」

「伯父さんに譲るのか?」

「親父の面倒をほとんど見なかった兄貴に好き勝手させるか。相続の時だけ長男面するなんて許せん。せめて売り払って三人でわけるのが筋だろう」

別荘を売る。

その可能性については、祖父が亡くなったと聞いてから心の隅にずっとあった。アキと地下室に閉じ込められたあの場所が、他人の手に渡る。

「俺、あそこ欲しいんだ。俺が別荘を買うってのは?」

「なんだ急に」

「思い出があるんだよ。だから、他人の手に渡って欲しくない」

「くだらんこと言うな。お前にそんな財力はないだろう。あんなところでもそれなりに価値はあるんだからな。それより電話鳴ってるぞ。お前のじゃないか?」

バイブ音が聞こえていた。ハンガーにかけたコートの中からだ。スマートフォンを手に廊下に出る。

『あ、俺でーす』

友達のように言ったのは、アキの兄だ。もうすっかり覚えた彼の声に、なんの感情も湧かなかった。静まり返った葬儀場の廊下は、ひんやりとしている。

『約束のものを取りに行ったら、あんたいないんだもん』

通夜や葬儀の手配で忘れていた。ため息を零《こぼ》し、交渉する。

「それは失礼しました。祖父が他界して。今すぐネットバンクから振り込みますよ」

『現金がいいんだけど』

「今回くらいいいでしょ」

『駄目だって。現金以外受けつけませーん』

ふざけたもの言いが、この男のしたたかさを物語っているようだ。証拠を残したくないのかもしれない。

「祖父が亡くなったんだ。身内が死んだんだぞ」

『へぇ、それは残念』

何を言っても通じる相手ではなかった。明日葬儀場に取りに来ると提案され、諦めてそれに応じる。金を渡していることを誰にも知られたくないが、相手も同じだろう。まさか目立つようなことはしないはずだ。

電話を切ると、今後について考えた。だが、頭が働かない。

金の無心がこれで終わるはずがなかった。そんなことはわかっている。だが、あの夜のことを知られている以上、従い続けるしかない。

どこまで知っているのだろう。本当にアパートの前で見ただけだろうか。

自首してもよかった。だが、自分がいなくなれば、またあの男は弟に金の無心をし、部屋を訪れてはアキを殴るだろう。父親の暴力により心に深い傷を負ったアキを、これ以上傷つけたくはなかった。二度と、暴力に晒したくはなかった。

アキが幸せに生きられるなら、なんだってする。

『流星、好きだ』

初めて気持ちを聞かされた時のことを思い出し、アキの本音を呪文のように心の中で何度も再生する。

何度も、何度も。

完璧を求められるあまり窒息しそうだった自分を救ってくれた人――。

彼の幸せを心から願う。

「流星。誰からだ？」

部屋に戻ると、疲れた顔の父親からそう聞かれる。

「仕事関連だよ」

平然と嘘をつける自分を嗤い、祖父の遺体の横で胡座《あぐら》をかいた。

4

流星《りゅうせい》の祖父が亡くなってから、二週間ほどが過ぎていた。

最後に会ったのは葬儀場で、あれから一度も顔を合わせていない。電話くらいしたかったが、状況を考えて向こうからの連絡をただ待った。

暖かい日が増えてきて春の気配を感じる瞬間も増えたが、心は晴れない。生命が芽吹く季節はすぐそこなのに、自分だけが寒さの中に取り残されたみたいだった。

そんな時だ。流星の母親が仕事場に姿を現したのは。

「あの……流星のお母さんですよね」

「はい。息子がお世話になってます。こちらにお勤めと聞いて」

申しわけなさそうに頭をさげられ、アキも思わずお辞儀する。話があると言われたが、夜勤だったため日を改めてもらうことにした。翌日の昼過ぎに会う約束をする。

彼女に指定された店は穴場といった感じで、少しわかりにくい場所にあった。純喫茶という感じの落ち着いた店で、店内は静かだ。ゆったりとした時間が流れている。

仕事を終えて直接向かったアキは、ボックス席に彼女の姿を見つけた。

「お待たせしてすみません」

「いえ、こちらこそ昨日は急に仕事場に押しかけてしまって」

葬儀場で見た時よりもずっと若い印象だった。洋服だからかもしれない。クリーム色のパンツにゆったりした鮮やかなブルーのセーター。ピアスが動くたびに小さく揺れる。

「子供の頃は、よくビスケットをいただいてました。今もあの味は覚えてます」

「流星と仲良くしてくださってたのは、わたしも記憶しております」

店員が注文を取りにくると、コーヒーを頼んだ。先ほどから豆のいい香りが漂っている。

「それで、流星に何かあったんですか？」

「実は見て欲しい動画があるんです」

彼女はスマートフォンを操作し始めた。深刻そうな表情に身構えてしまう。

「葬儀の当日に流星がこの男性と会っているところを見まして。人目を避けているようだったから気になって、動画を撮ったんです。どうぞ」

軽く頭をさげて見せてもらう。映っていたのは、間違いなく流星と兄だった。こそこそと話している。望遠で撮っているため音声までは拾えていないが、雰囲気は伝わってくる。

流星が内ポケットから出した封筒を渡していた。中身を確かめる瞬間も動画に収められていたが、よく見えない。

「間違いないです。兄です」

「やはりそうでしたか。あの……なぜあなたのお兄さんが流星と？」

アキは黙って首を横に振った。

彼女ははっきり口にしないが、どう見ても金の受け渡しだった。兄がアキに金の無心をしていることからも、間違いないと言っていいだろう。まさか、自分だけでなく流星からも金を搾り取っているのかと思うと、恐ろしくて震えた。

殴られた時ですら、兄に今ほど恐怖を覚えたことはない。とんでもない悪魔に取《と》り憑《つ》かれた気分だ。

「夫に相談する前に会いに来たのは、あなたが流星の大事な友人だからです」

自分が流星の母親にそんなふうに言わせる存在だったことにハッとした。嬉《うれ》しさとともに、己の背負う問題が流星を巻き込むのだと思い知らされる。放っておいてくれとどんなに言っても、彼はアキのために力を尽くすだろう。

「夫は昔から厳しい人で、あの子は随分と息苦しい思いをしたのだと思います。わたしも夫も結婚したのが遅かったものですから、子供は一人だと決めていたぶん、期待を背負わせすぎたんです。息子はわたしたちに心を許してません」

彼女からは後悔の念が感じられた。

話によると、流星は祖父の所有する別荘が欲しいと言って親族を混乱させているという。

「お待たせしました」

トレイを手にウエイトレスが来て、話をいったん中断した。目の前にカップが置かれ、軽くお辞儀をする。淹《い》れたてのコーヒーからは、いい香りが立ちのぼってきた。

自分の部屋で流星がドリップパックのコーヒーを淹れてくれたことを思い出す。あの時は、兄の暴力に晒《さら》された直後だった。流星の存在がどれだけ救いになっただろう。

空き地から部屋の中へ――。

アキを光の中に連れ出してくれた少年は、今もアキを支えてくれている。そして、巻き込まれている。

自分なんかに彼の輝きを陰らせる力はないと思いたいが、尊い光だからこそ、いったん穢《けが》れに触れるとあっという間に浸食されるのかもしれない。

「息子に別荘を持てる経済力があるとは思えません。法定相続人でもありませんし、もし買うことができても固定資産税や管理費がかかります。なぜそこまで欲しがるのかわからなくて」

悩みが明かされるほど、アキの中にはひとつの可能性が浮かびあがった。

二人でひと晩閉じ込められた思い出の場所。

あの時、流星は言った。エドガー・アラン・ポーの『黒猫』みたいだと……。

父が行方不明になったことと関連がないとは、もう言いきれなくなった。兄の言葉がその裏づけであるように思えてならない。

『お前が殺されずに済んだのは、とめた奴《やつ》がいたからだよ』

あの日。アキを殴り殺さんばかりに暴力を振るっていた父を流星がとめてくれたのだ。そして、そのあと二人でどこかへ行った。

これらから導き出されるのは、恐ろしい答えだ。

「別荘は売ることになりました。流星は最後まで反対してたんですが夫は聞き入れなくて。不動産会社が下見に来ると伝えたんですが、それ以来、電話に出てくれなくて」

「俺から流星に聞いてみます」

「お願いします。あの子が何か、おかしなことに巻き込まれていないか心配で」

息子を案じる彼女に、自分が力になると約束して話を終えた。

喫茶店をあとにすると、タクシーを拾って彼女を乗せ、自分は駅へ向かって歩き出す。

昼時で食事に出る人も多いからか、街は人で混み合っていた。行列の客を店内に案内する声。信号機から流れるカッコーの音。足早な靴音。

日常の雑音の中で考えるのは、ただひとつのことだ。

あの日を境に、父は姿を消した。

それまでの執着から考えると、アパートを出たからといって簡単には手放してはくれなかっただろう。自立して以来、寄りつかなくなった兄の二の舞は避けようとするはずだ。

それなのに、忽然《こつぜん》と姿を消した。

「流星……」

絞り出すように名前を口にし、手で顔を覆う。

父が失踪し、アキは自由を手にした。幸せを手にした。

暴力や執着から解放されたおかげで、人並みの幸せを手にできたのだ。なぜそうなったのか疑いもせず、ただ幸運を貪ってきた。

この七年、流星は一人で秘密を抱えていたというのに――。

ドン、と後ろからぶつかられて前によろける。クラクション。

信号は赤に変わっていた。交通の妨げになっているのに気づき、急いで横断歩道を渡る。

その日は、一日何をしたのかわからなかった。夕方になり、雨が降り始めた。春は目の前だというのに、それを阻止せんばかりだ。暖かな日差しも穏やかな空気も、すべて呑《の》み込もうとしている。

ようやく膨らみ始めた蕾《つぼ》みを黙らせる、冷たい雨だった。

流星に電話をかけたが、留守番電話になるだけで応答はなかった。食事を摂《と》る気力もなく、かといって洗濯などの雑用を片づける気にもなれず、窓の外をただぼんやり眺めていた。

思い出の空き地も、雨に濡《ぬ》れて寂しげだ。地面には大きな水たまりができている。

そして、午後十一時を回る頃、着信が入った。

「流星っ！」

どこからかけているのか、電話の向こうも大雨だった。大粒の雨に晒される流星の姿が脳裏に浮かぶ。

「流星だろ?」

『ああ』

声を聞いて安堵《あんど》した。このまま流星がいなくなるような不安に駆られていたアキは、なんとか彼を捕まえようと言葉を探す。

「流星、今どこ?」

子供の頃に捜し続けたオニヤンマを流星に重ねた時のように、今もまた幻を追いかけているのかもしれない。力強く前に進むドラゴンフライは今、生息地を失い、弱っている。ならば、自分が彼の生きる場所になりたい。

『俺だ。会いたい。今どこだ?』

苦しげに絞り出された声だった。

「アパート」

『行っていいか?』

「うん、俺も会いたい。来て。待ってるから、必ず来て。流星」

ああ、と言ってから電話は切られた。

何をしているのか。どこにいるのか。本当は迎えに行きたかった。けれども、流星は来ると言ったのだ。信じて待つしかない。

心臓がいつもより速く時を刻んでいた。座っていられない。

お願いです、神様。流星を俺から奪わないでください。

神に祈ったのは初めてだった。これまでどんな目に遭っても、頼ることはなかった。自分なんかの声が届くとは思っていなかった。耳を傾けてくれるとは思っていなかった。

けれども今は、願いを叶《かな》えてくれるならどんな相手にも縋《すが》るだろう。


流星がチャイムを鳴らしたのは、電話を切った二時間後だった。

雨はさらに勢いを増し、うるさいくらい雨音が鳴っている。時折、強風により雨が窓に叩《たた》きつけられた。部屋ごと洗車機にでも放り込まれたようだ。

「流星……っ」

ドアを開けた途端、アキは息を呑んだ。

流星はずぶ濡れでボロボロだった。コートは水を吸い、下のスーツまで濡らす勢いだ。髪の先端から次々と雨が滴っている。普段の堂々とした立ち姿ではなく、疲れきって項垂《うなだ》れているが、身も心も疲れ果てた様子の彼に愛情は増すばかりだ。

たどり着いた先が自分のところだと思うと、それだけで胸がいっぱいになる。

「どこで何……、――っ！」

ゆらりと倒れ込むようにする流星を支えると、抱きつかれた。大地を力強く踏みしめて歩みを進めていた彼が、立っていることすらままならなくなるまで弱り果てている。

「とにかく入っ……、――んぅ……っ」

いきなり口づけられ、目をつぶって受け入れた。

この前のキスとはまったく違った。縋るように、助けを求めるように、唇を重ねてくる。

「流星、どう……、……ぅん、んぁ……、ぅんっ、……んぁ……」

激しく口づけてくる流星に従い、唇を開いた。舌が生きもののように這《は》い入《い》ってきて、柔らかな口内を確かめるように動きまわる。

アキは舌で応えた。

あますところなく口内を舐《な》めねぶるそれに、すべて差し出したかった。

乱暴な口づけに息があがるが、そんなふうに感情のままに自分を貪る彼がいとおしく、なんでもしたいと思った。流星が求めるのなら、どんなことにも応じられる。

「うん……っ、ん、……んんっ、……んぅ……ふ」

口づけを交わしながら足元に目をやると、革靴についているのが泥ではなくセメントのようなものだと気づく。

流星が欲しがったという、祖父所有の別荘が脳裏に浮かんだ。

地下室のレンガの壁。積みあげられたセメントの袋。レンガ。コテなどの道具。そして、エドガー・アラン・ポーの『黒猫』。何かを隠そうとすれば、アキもあの場所を思い出すかもしれない。滅多に人が寄りつかず、改装中の地下室は道具も材料も揃《そろ》っている。

「——アキ……ッ」

苦しげに漏らされた声に、胸が締めつけられた。

「……ぁ……あ……ぁ、……はぁ……っ」

首筋に顔を埋められ、ゾクゾクッと甘い戦慄が走る。強く噛《か》んでくる彼に欲望を刺激されながら、かろうじて残る理性で事実を噛み締める。

父さんを、殺したんだね。

そして、壁の中に埋めた。

二人で読んだ小説の主人公のように。

「——痛ぅ……っ」

アキの予想を肯定するように、首筋を強く噛まれた。そうだと、俺が殺したと告白されている気分だった。痛くて、けれどもそれは彼の苦しみそのもので、共有したいと思った。一緒に抱えたいと。

強風が吹いてバラバラバラバラ……ッ、と雨が窓に叩きつけられた。その激しさに、流星の心に吹き荒れる嵐を感じる。

「お前がいなかったら……っ、俺はとっくに……壊れてた」

絞り出すように放たれた苦しげな声に、心臓を鷲掴《わしづか》みにされた。それは自分のほうだと言いたかった。縋るように求めてくる彼にそれを伝えたい。

「流星、……流星……っ」

ただアキを貪ろうとする流星の顔を両手で優しく包み、目と目を合わせた。肩を上下させながら自分を見つめてくる彼に、ありったけの想《おも》いを届ける。

「俺は……傍《そば》に、いる……、……流星に、何があっても……、俺は傍にいるから」

「アキ……」

「絶対に、離れないから……っ」

見つめ合い、自分から彼の唇を奪った。すると再び縋るように口づけてくる。

「うん……、……ぁ、ぅうん……っ、ん、ん……、……んぅ……っ」

自分を求める乱暴な手と荒っぽい彼の息遣いに興奮した。どれほどの想いを募らせているのか、想像しただけでも心が震える。

激しい口づけを交わしながら、二人は部屋の奥へと少しずつ移動していった。廊下の床がびしょびしょに濡れ、畳にも水が染み込む。そこに押し倒され、されるがまま濡れた躰を受けとめた。目が合い、思いつめた視線に晒される。

流星の身につけているものから、工事現場に充満するコンクリートのような匂いがした。

「ぁあ……っ、流星……っ、……はぁ……っ」

七年前、アキのために手を汚した流星は今夜、おそらく隠した秘密をどこかへやった。

別荘が他人の手に渡る前に……。

「ぁ……あ……、……や……、……はぁ……っ」

流星が何をしてきてもいい。驚くほど自然にそう思った。どんなことに手を染めていたとしても、流星を想う気持ちは変わらない。

シャツをたくし上げられ、胸板が外気に晒された。流星の髪から雨が滴って胸板を濡らす。コートも脱がず、ずぶ濡れのまま見下ろされて神聖な気持ちになった。

身を捧《ささ》げる儀式であるかのようだ。

「――ぁ……っ！」

胸の突起に吸いつかれ、ビクンと躰《からだ》が大きく跳ねた。柔らかな舌に刺激されると、突起はツンと硬くなって尖《とが》り、敏感になっていく。

「んぁ……あ……ぁ……、や……ぁ、……ぁ……あ」

ねっとりと絡みついてくる舌に、アキは身悶《みもだ》えた。

自分の父親を殺した彼が、その遺体を壁に埋めた彼が、そして、おそらく遺体を別の場所へ移動させてきた彼が、罪に塗《まみ》れた手で自分を抱いている。

そう思っただけで、快感は何倍にもなってアキを襲う。

自分がそうさせたのだ。独占欲が満たされるようで、とんでもない人間だと思った。父が生きていた頃、殴られないために、機嫌を取るために、酔った父に毛布をかけた。そんな悪い子供だった。

あの頃から少しも変わっていない。

「ぁ……、りゅうせ……、――あ……っ！」

中心を握られ、ビクンと跳ねた。先端のくびれを指でなぞられ、自分がそこをびしょ濡れにさせているのを知った。刺激を与えられる前からこんなにして、はしたないにもほどがある。

「ああ……ぁ、……はぁ……っ、……待……っ、……待って……、――ぁあっ！」

あまりにあっけなくイってしまい、敏感になった躰は余韻にすら快感を覚えてビクビクと軽い痙攣《けいれん》を起こしていた。けれども息つく暇も与えられず、アキが放ったものを後ろに塗り込まれる。

「う……っく」

流星の欲しがるまま応じようと、自ら腰を浮かせた。

全部、好きにしていいから。流星の思うようにしていいから。

「うん、……うん……、……っく！　……ぁあ……っ」

流星の指が、きつく閉じた蕾みをこじ開けて入ってくる。

「ぁ……っく、……ぅ……っく、……ぁ……あ……っ」

アキは喘《あえ》いだ。苦しくて、つらくて、けれども悦《よろこ》びがそれらを凌駕《りょうが》する。痛みが深ければ深いほど、自分を差し出す悦びが身をくねらせるのだ。

流星が犠牲にしたものに比べて、自分の肉体など取るに足らない。

「ああ……」

「……アキ、好きだ、……誰よりも……、……好きだ」

流星の欲望にしゃがれた声は、ため息が出るほど色っぽかった。誰にも渡したくない。

「俺も……っ、俺も……っ」

異物を後ろに強く感じながら、ただひとつのことを願った。

繋《つな》がりたい。

流星と繋がりたい。

痛くてもいい。苦しくてもいい。このいとおしい人とひとつになれるのなら、どんな痛みも受け入れる。

指は二本に増やされ、少しずつ慣らされていった。それでも十分にほぐれたとは言いがたい。

しかし、堪《こら》えきれなくなったように流星がベルトを外してスラックスの前をくつろげる。

「アキ、ごめ……」

「――ぁあ……ぁ、……や、……ぁ……っく」

熱の塊にミリミリと押し広げられて、あまりの痛みに流星の背中に爪を立てた。

自分とは違う背中。動くたびに隆起する筋肉の躍動は、彼が今まさに男としての魅力を蓄えた雄であることを証明している。

まるで罰せられているようだった。流星の手を汚させた罪深い自分を彼本人に罰して欲しかった。その手で。その躰で。

もっと、強く罰してくれたっていい。

「……っ、……ぁ……ああ、……ぁあ……ぁ、あ、――ぁぁぁああ……っ！」

深々と根元まで収められ、あまりの衝撃にアキは喘ぐことしかできなかった。繋がった部分が熱を帯び、脈打っている。雄々しくそそり勃《た》つ流星を自分の奥に感じているだけでも、悦びで視界が霞《かす》む。

その中に、自分を見下ろす流星を見た。濡れた髪も、思いつめた表情も、何もかもが魅力的だった。目を合わせたまま、前後にゆっくりと躰を揺すられる。

「ぁ……、……ふ、……っく、……んぁぁ……」

「好きだ、アキ」

「俺も……、俺、も……、……ぅん……っ、んぁ……あぁ……、――ぅん……っ」

涙が溢《あふ》れた。こうして繋がることの悦びと、先のない現実とが、ごちゃ混ぜになって襲いかかってくる。

こんな時でも人は快感を得られるのだと思うと、己の浅ましさを嫌でも思い知らされた。

「ぁ……、……っふ、……ぅう……っく」

「イイ、か……アキ、……ちゃんと、……気持ち、いい……か？」

「流星……、すごく……イイ……、すごく、だから……全部、して……っ、――ぁあっ！」

奥まで呑み込み、流星の屹立《きつりつ》を後ろで味わう。きつく収縮を始める自分に恥じらいを覚えながらも、欲しがる気持ちを抑えきれずに脚を広げた。

はじめこそ異物の侵入を拒んでいたが、今はむしろもっと深く入ってきてくれとねだっている。ひとたび痛みとは違うものを見つけると、そこは味をしめたように流星を喰《く》い締め、収縮するのだ。

あまりにきつく締めつけるものだから、流星は眉根を寄せて苦笑いする。

「ぁ……っく、……締めすぎ、だ……」

「流星、好き、だ……、ぁ……っ、やっ、あっ、流星……っ、――流星っ！」

力強く腰を振る彼に抱きつき、その動きに身を任せた。繋がったところが熱くて、とろけるように熱くて、啜《すす》り泣くのをどうすることもできない。

はしたなく求める自分を抑えきれない。

「りゅ……、せ、……流星、……ぅ……っく、……りゅうせい……っ、中が……っ」

「イって……いい、か？」

「来て……、りゅうせ……、はやく……来て……っ」

求めると、リズミカルに腰を打ちつけてくる。ハッ、ハッ、ハッ、と獣じみた吐息を漏らしながら腰を振る彼がいとおしくてならなかった。突き上げてくる流星の雄々しさに酔いしれ、高みを目指す。

「あ、あ、あ、やっ、あっ、やっ、や……っ、——ぁああっ」

アキ……ッ、と欲望に掠《かす》れた声で名前を呼ばれた瞬間、中を濡らされたのがわかった。同時にブルブルッ、と下腹部が震え、アキも白濁を放つ。

ビクビクと躰が痙攣していた。痛みと快楽との境界線が失われている。

ゆっくりと躰を預けてくる流星を受けとめた。伝わってくるのは、彼の鼓動だ。濡れた髪を指で梳《す》き、いとおしさのまま抱き締める。すると、再び口づけられた。まだ着たままの濡れたコートを脱ぎ捨てる衣擦《きぬず》れの音に、欲望を刺激される。

「あ……、……んっ、……うん……っ」

一度果てたはずの流星の屹立が、アキの奥でその存在を誇示するほどに変化した。もう一度……、とばかりに、アキも自分の中の熱を締めつけてしまう。

「んあぁぁ……」

ずるりと引き抜かれ、また根元まで深々と収められる。仰《の》け反《ぞ》りながら、流星を感じた。感じずにはいられなかった。

腰を強く使われても、悦びのまま受け入れるしかない。

嵐のような夜だった。

外の大雨に呼応するような激しさをぶつけられた。躰はくたくたで、後ろは熱を持って今もジンジンしている。だが、それは流星と繋がった証《あかし》でもあり、いつまでもこの感覚に消えて欲しくなかった。その実感をずっと抱えていたい。

二人は畳の上で身を寄せ合った。アキが腕枕をする格好で、流星は肩の辺りに頭を置いている。濡れたコートやスーツが辺りに散乱していて、二人がどれだけ夢中で互いを貪ったのかがわかる。

雨はやんでいるようで、あれほど激しかった風も収まっていた。

行為の余韻が漂う部屋は静かで、ちょっとした物音すらはっきり聞こえる。流星が起きているのはわかっているが、会話などなくともその存在を感じているだけで満たされた。

どれくらいそうしていただろう。流星が軽く息を吸ったかと思うと小さく零《こぼ》す。

「アキ。俺が背負い続けるから、大丈夫だ」

噛み締めるような言いかたに、漂う意識が覚醒した。流星を見ると、何かを成し遂げたような安堵が目に浮かんでいる。アキには、その意味がよくわかった。

本当に、父さんを見つからないところに隠してきたんだね。

改めて罪深いことをさせたのだと痛感する。他の誰でもない、アキのために流星は手を汚した。二度も……。

「あ、ごめん。起こしたか?」

アキが目を覚ましていることに気づいた流星は取り繕うように言い、別の話を切り出す。

「なんでもないんだ。ただの独りごとだよ。それよりさ」

「何?」

流星は息を吸った。先ほどとは違い、ゆったりとした深い呼吸だ。

「一緒に暮らさないか?」

トクン、と心臓が鳴る。

澄んだ瞳がアキを捉えていた。無垢《むく》な子供のような光は、彼がしてきたことがすべてアキのためだったと物語っていた。なんて尊い光なのだろう。

「俺のマンションに来ればいい。部屋は空いてるし、仕事ですれ違うだろうけどアキの気配のする部屋に毎日帰りたいんだ」

「流星」

その言葉が何を意味するのか——。

残された時間を慈しむようで、覚悟を感じずにはいられずに胸が締めつけられる。

「うん、行く。流星の部屋に引っ越すよ」

「そっか。よかったよ、フラれなくて」

流星の口からフラれるなんて言葉が出るのが不思議だが、それほど自分を大事にしてくれていると思うといとおしさが深まる。

アキはのそりと起き上がり、カーテンを開けて窓の外を眺めた。時計を見ると朝の五時を過ぎたところだった。寝静まった街が、少しずつ目覚めていく気配がする。

「どうした?」

「この景色ともお別れだと思って」

外はすでに明るくなり始めており、空き地には靄《もや》がかかっていた。昨日の雨の名残であちらこちらに水たまりができている。

朝日が差し込んでくると、雨粒が反射して宝石のようにキラキラと輝き始めた。その美しい光景を眺めながら、アキは空き地に立つ子供の流星にさよならを告げる。

自分が汚した。彼の手を汚させた。

成功に向かって一直線に歩いていけばいいだけだったのに、自分のせいで違う道へと進ませたのだ。屈託のない光を曲げたのは、他ならぬ自分だ。どんなに謝罪してもしきれない。

だけど、連れていくよ。

覚悟を胸にそう告げる。

子供の自分が聞いたら、きっと怒るだろう。自分勝手な奴だと拳を握り締めながら訴えるかもしれない。そんなことはしちゃいけない、と。

けれども大人になった自分は、ずるくて、欲深くて、身勝手だ。流星を手放すことなどできなくなっている。

だから、流星とともに歩み続ける覚悟をした。どんな道でも彼の手を取り、行けるところまで進んでいく。行き止まりや下りられない崖に行く手を阻まれ、身動きが取れなくなるまで。

「流星、朝ご飯何にする？」

ふり返って聞くと、嬉しそうな流星の姿があった。

引っ越しの日。

二人を祝うかのような晴天に恵まれた。窓の外に広がる青空には雲ひとつない。桜の開花も始まっており、買いものに出ると公園の桜が五分咲きになっていた。

一年のうちほんの一瞬の間、おびただしい数の花びらをつけ、咲き誇り、世界を淡い色に染めて人々を楽しませる桜の花の儚《はかな》さは、今自分が手にしている幸せのようだった。

きっと長くはない。そんな予感がある。

だからこそ花散らしの雨が降るまで、この幸せをずっと噛み締めていたかった。

アキは、すっきりした部屋を見渡しながらここに別れを告げる。決していい思い出ばかりではない。むしろ、つらいことのほうが多かった。

物心ついた頃からすでに始まっていた父の暴力。息をひそめるように生きてきた。兄がここを出たあとは、流星と違う高校に通うようになっていたこともあり、その日その日を生き抜くことがどれだけ大変だっただろう。

父の過干渉に心が壊れそうになりながらも、なんとか正気を保っていた。

それでも、この部屋をいとおしいと思う。流星がいたから、子供の頃から彼をこの部屋で待っていたから、つらい思い出ごと自分の人生を大切なものとして抱き締められる。

「もうこれで全部かな」

最後の確認を終えたアキは、ガランとした部屋を見回した。

壁の傷も天井の染みも畳のささくれも、長年ここに住んでいた者に刻まれた痕跡だ。だが、アキがここを出て清掃業者が入ればすべてなくなる。消えていくものを思うと、胸を寂しさが微風のように吹き抜けていく。

その時、コツリ、と壁が音を立てた。懐かしい響きに急いで窓辺へ行くと、空き地に流星が立っている。子供の頃のように、アキに向かって手を挙げていた。

「アキ」

「流星、何やってるの？」

「何ってガキの頃みたいにここから呼ぼうと思ってさ」

笑いながら窓を見上げる流星は子供の頃の彼そのままで、アキは破顔した。この景色が好きだと言ったのを覚えてくれていて、この日にわざわざ空き地から呼んでくれたのだ。

そんなちょっとした優しさが、彼の一部を構成している。だから、きっと好きなのだ。

「今からそっちに行く」

それだけ言って空き地から出ていく流星の姿が道路のほうに消えるまで見守り、玄関に向かった。ドアを開けて待っていると、鉄骨の階段を上ってくる軽快な足音が聞こえる。

「流星、よく休み取れたね」

「ああ。もぎ取った」

相変わらず忙しい流星は、このところ朝から晩まで働いている。夜中になることも多いようで、連絡はほとんどがチャットアプリだ。

久しぶりに生の流星を見たが、それだけで満たされる。

「引っ越し準備終わってるじゃないか。もうやることないな」

「せっかく流星が休み取ってくれたから、できるだけゆっくりしたかったんだ」

いらないものは業者に引き取ってもらい、必要最小限のものだけを流星のマンションに運ぶことにしていた。荷物は衣類の入った段ボール箱がみっつと、こまごましたものが入った箱がふたつだけだ。

「そうだ、アキ。これ差し入れ」

流星から渡されたのは、ビスケットだった。いつも素朴な甘さで癒やしてくれるそれを見て、流星の母親を思い出す。

「ありがとう。あとで一緒に食べよう」

あれから彼女に連絡を取り、流星は大丈夫だと伝えた。何が『大丈夫だ』と、自分でも呆《あき》れる。よくも流星の母親にそんなことが言えたものだと。

一緒に暮らすことは流星から聞いていたようで驚かれはしなかったが、父親があまりいい顔をしなかったのはその態度からわかった。申しわけなくて、けれども流星を手放す気はなくて、ただただ自分の身勝手さを思い知るばかりだった。

「荷物これだけか？」

「うん、これだけ」

「じゃあ、必要なもん手に入れるか」

レンタカーに段ボール箱を載せ、流星のマンションへ運んだ。そのあと家具を買いに行き、帰りに穏やかな日差しを浴びる。昼は外でサンドイッチを食べた。食後はビスケットを囓《かじ》りながら、ゆっくり過ごす。

その日、マンションに帰った二人は、流星のベッドで抱き合った。前回のように嵐にさらわれるようなセックスではなく、互いの気持ちをもう一度確かめ合うような穏やかな交わりだった。それだけに幸せが迫《せ》り上《あ》がってくるようで、アキは流星が白濁を放つより先に何度も下腹部を震わせた。

恥ずかしいくらい漏らしてしまう自分をとめられず、いつしか「ごめんなさい」と繰り返している。そんなアキをも流星は愛していると言い、抱えきれない幸せに溺れた。

そして、二人は日常に戻っていく。

マンションに帰ると、流星の匂いのする部屋に迎えられる日常が始まった。

洗面台に並んだ歯ブラシを見て、一緒に暮らしている実感が湧いた。生活をともにすると、彼が使っている歯磨き粉のメーカーや洗剤や柔軟剤の種類など、幼馴染《おさなな》《じ》みでも知らなかったことが思っていた以上に多かったのだと気づく。新しい発見に心が躍る。これからどれだけ新しい流星を見つけられるだろうかと思うと、それだけで生きているのが楽しくなった。

あれから兄は一度も金の無心には来ていない。たまたまなのか、それとも隠した遺体を別の場所に移した流星が兄に何か言ったのか。

もう、脅迫に使えるネタがないとわかって諦めてくれたのなら、これ以上のことはない。

「小川《おがわ》さん、引っ越ししたんですって？」

入居者をそれぞれの部屋に送り届けたあと、談話室の片づけをしているアキのところへ、後輩職員が声をかけてきた。

「はい、古いアパートだったし長年住んでるから」

「ここから近いんですか?」

「前住んでたところより少し遠いかな。でも快適で……、――ッ!」

突然、陶器が割れる音がした。音を聞いただけで、自分の躰も粉々に砕け散るような錯覚に陥り、全身が総毛立つ。心臓がやかましく躍って痛いくらいだ。

「やだ、どうしよう」

ふり返ると、別の職員が床に散乱した破片を見ながらオロオロしていた。いまだ消えない子供の頃のトラウマを自覚したアキは、自分を落ち着かせてから彼女に駆け寄る。

「大丈夫ですか? 怪我《けが》は?」

「はい、わたしは平気です。でもせっかくの器が。これ誰の作品でしたっけ?」

落として割ったのは、入居者手作りの陶器だった。月に二度、出張の陶芸教室を開いており、楽しみにしている人も多い。

アキは破片を拾い始めた。そして、何気なく顔を上げた瞬間――。

「――ッ!」

父が立っていた。カーテンのすぐ横だ。金縛りに遭ったかのように、躰が動かない。自分を殺した男と暮らし、幸せを感じる息子を非難めいた目で見ていた。

生きていたら、殴られただろう。育ててやった恩を忘れやがってと、罵ったはずだ。けれどもすでにこの世にいない人には、もう手が出せない。

終わったのだ。あの悪夢は終わった。流星が終わらせてくれた。

そう自分に言い聞かせる。

「あの……どうかされましたか？」

声をかけられて我に返った。

再び父が立っていた場所に目を遣《や》るが、そこには誰もいなかった。遮光カーテンと棚の間にうっすらと影ができているだけだ。あんなものに父の姿を見るなんて、どうかしている。

「あ、いえ。なんでもありません。片づけてしまいましょう」

アキは掃除機を持ってきて、床に散らばった小さな破片を吸い取った。

「割ったの知られたら、すごく怒られますよね」

「ちゃんと謝ればきっと許してくれます。また作ってもらいましょう」

「そうですね。明日謝ります」

「破片は捨てずに明日見てもらいましょうか。割れても大事に扱う姿勢を見せることも、理解に繋がるでしょうし」

集めた破片は、ラッピング用の透明な袋に入れてテープでとめた。気落ちする職員を慰めたあと、談話室の片づけを終わらせて灯《あか》りを消す。ドアを閉める瞬間、もう一度部屋の隅に目を遣った。

真っ暗な部屋に潜む父の影——。

自分の心が見せる幻覚だとわかっていた。罪の意識に他ならない。同時に、何かの暗示のようにも思えた。不吉で、避けがたいものを示唆している。

流星さえいれば何もいらないのに。

不安に駆られ、陶器の割れる音を聞いた時以上に全身の毛が逆立った。幸せであればあるほど、それを手放しがたく思うほど、恐れは大きくなるのだ。

アキは、ひたひたと歩み寄る何かの存在を感じずにはいられなかった。

その日は、突然やってきた。

花散らしの雨をもたらしたのは、やはり兄だった。いつか来ると予想していたからか、彼が目の前に現れても不思議と落ち着いていた。世間は春爛漫《はるらんまん》で暖かな空気で満ちている。散り始めた桜が、淡い色で世界を染めていた。

「よ、アキ」

飲みものを買って帰ってきたアキは、マンションの近くで自分を待つ兄の姿に足をとめた。

ここに越してきて二週間。ようやくこの辺りの地理がわかってきたところだ。スーパー、コンビニエンスストア、カフェ、書店、美容院、ベーカリー。

どこに向かって歩けば欲しいものが手に入り、どこを通れば近道になるのか。

自分が街に馴染みつつある今だからこそ、それを手放さなければならない未来を想像して景色がより美しく見える。

「どうしたの、兄さん」

「どうしたのって、兄貴が弟に会いに来たらおかしいのか？」

「そんなことないよ。元気にしてるか気になってたし」

「引っ越ししたんだな。俺に無断で」

「だって、兄さんはあのアパートを嫌ってただろ？　だから、言う必要もないと思って」

「ま、そういうことにしといてやるよ」

兄はハッ、と鼻を鳴らした。

流星が遺体の隠し場所を変えたからといってすべてが解決するなんて本気で思ってはいなかったが、それでもどこかで願っていたのかもしれない。この幸せが続くことを。

それが崩れていくのを目の当たりにし、流星との日常が薄氷の上に立っていたのだと思い知らされる。

「あの別荘、売り出してるんだな」

「あの別荘って？」

「別荘って言ったらひとつしかないだろ？」

「ああ、流星のお祖父《じい》ちゃんの？　そうなんだ。亡くなったのは知ってるけど、別荘がどうなったかまでは知らなかったよ」

「他人の手に渡る前に処理したみたいだけど、そう簡単に俺から逃れられると思ってんのかね、あのエリートは」

唇を歪《ゆが》めて嗤《わら》う兄の姿に、父が重なる。父は流星を嫌っていた。『いいとこの坊ちゃん』と言って、卑屈な笑みを浮かべるのが常だった。自分の環境を呪うあまり、恵まれているように見える彼が憎らしくなるのだろう。

そんなことをしても、自分が幸せになるわけではないのに。

「あいつ、とんでもないことやりやがったな」

兄は嬉しそうに、楽しそうに、喉の奥を鳴らすように笑い、ポケットからスマートフォンを出した。風が吹き、桜の花びらが舞う。

ハラハラと散るそれは、アキの手から零れる幸せのようだった。美しいものが指の間をすり抜けていく。地面に落ちる。いずれ踏みつけられ、雨に晒されるだろう。

「ほら。お前にも見せとこうと思ってな」

押しつけるようにスマートフォンを渡された。早く見ろとせっつかれ、動画を再生する。激しい雨音が聞こえてきて、あの夜を思い出した。流星がずぶ濡れでアパートに来た夜だ。

動画は真っ暗でよく見えないが、しばらくするとヘッドライトに照らされた屋敷が確認できた。間違いない。映っているのは、件《くだん》の別荘だ。

「何これ」

「あいつの犯罪の証拠」

心臓がドックン、と重い鼓動を響かせた。

「世の中ってのは奇妙なもんだよなぁ。俺みたいなのがやるんならわかるけど、まさかあんなエリートが、俺でさえビビるようなことすんだから」

兄の声は聞こえているが、内容は半分も入ってこなかった。画像はまるで犯罪ドラマのワンシーンのようだ。

降り続ける大粒の雨、ブルーシート。濡れた砂利道。ヘッドライト。

暗がりの中に浮かぶのは、証拠隠滅を謀る流星の姿に他ならない。映像だけでは何が運ばれているのかわからないが、それがなんであるのかは明らかだ。

アキは動画を喰い入るように見ていた。

「こんな動画、どうやって……」

「七年前にあいつと親父《おやじ》がいるのを見た時、俺は営業車に乗ってた。クソみたいな会社だったけど、あの時だけは助かったよ」

ああ……、と悲嘆のため息が漏れる。

七年前、兄は二人でいるところを見ただけではない。二人のあとをつけ、別荘まで行ったのだ。だが、黙っていた。

おそらく、父がいなくなることが兄にとっても好都合だったからだろう。

「俺が親父を最後に見たのは、あの別荘だ。調べたら、あいつの祖父ちゃんの持ちものらしいな。死んじまったから絶対に親父の遺体を移動させると思って、あいつに張りついてた」

風が吹いた。桜の花びらがいっそう舞う。気が遠くなるのは、おびただしい数のそれに当てられたからだろうか。くらくらして、地面が揺らぐ。自分の足で立っている感覚がない。

あの夜に何をしてきたのか、わかっていた。アキのために手を汚してくれた彼の想いに、そしてその汚れた手で抱いてくれていることに、酩酊《めいてい》にも似た悦びすら感じてもいた。

だが、こうして証拠を突きつけられると流星に何をさせたのか、実感として迫ってくる。

なぜ、彼の友達になってしまったのだろう。

なぜ、彼を好きになってしまったのだろう。

なぜ、彼は自分を好きになってくれたのだろう。

流星の人生を狂わせる存在でしかないのなら、生まれてこなければよかったのかもしれない。

「なんで……こんな動画、撮るん……だよ」

アキはうわごとのようにそうつぶやいていた。なぜ、どうして、今になって昔のことを掘り返すのだろう。

　苦しさのあまり吐き出しただけだったが、意外にも兄は激しい反応を見せる。

「なんでだって？　それはこっちの台詞《せりふ》だ」

　声の調子が変わった。ほんの今まで有利に立つ者の傲慢さでアキの前に立ちはだかっていたのに、その表情には追いつめられている者の色が浮かんでいた。

「……兄さん？」

「なんで俺だけ、いつも上手《うま》くいかないんだ。なんでお前は順調に仕事してんのに……っ、なんで俺はいっつもクソみたいな会社にしか採用されないんだっ！」

「兄さんっ」

　胸倉を掴まれる。よろよろと数歩後ろにさがり、マンションの塀に背中を打ちつけられてとまった。締め上げられ、息ができない。

「う……っく！」

「俺だって独り立ちしたあと、頑張ったんだよ！　親父みたいにならないように、頑張って仕事探したんだ。でもな、高卒の俺にどんな仕事があるってんだよ！」

「兄さん、やめ……、……っ」

「許さない。お前だけいい人生を送って、俺を忘れるなんて許さない！」

「う……ぁ……っ」

また兄が父と重なった。

異様なまでの執着は、自分が見捨てられる恐怖から来るものだった。父は、息子が自分のもとから去るのを恐れていた。妻に先立たれ、長男はアパートを出たきり連絡もしてこない。だから、アキを縛った。

同じだ。

殺された父親が冷たい壁の中から蘇《よみがえ》ったようだった。解放されたと思っていたのに、その亡霊は今もアキを捕らえて放そうとしない

「……っく、兄さん、お願いだから放し……、——はぁ……っ」

突き飛ばすように手を離され、コホコホッ、と咳《せ》き込んだ。マンションの住人が二人を怪訝《けげん》そうに見ながら、建物の中へと入っていく。

「確かに、……っ、兄さんの、言うとおりだ。子供の頃、よく、俺を護《まも》ってくれたもんね」

首をさすりながら、ゆっくりと息をする。

「そうだ、そのとおりだよ」

「俺は兄さんを見捨てない。俺が兄さんをサポートするから」

「じゃあ、金貸してくれよ」

「もちろんだよ。だから、流星には関わらないでくれ。俺のためにしたことだから、全部俺に責任があるんだ。お願いだから……っ、流星は許してくれ」

アキの懇願に、兄が何を感じたのかわからなかった。感情のない目でこちらを見下ろすだけだ。昏《くら》い、あなぐらのようなそれに取り込まれてしまいそうな気がして、それ以上言葉が出てこない。

息がつまる思いで返事を待っていると、兄は口元を緩めた。

「そうだな。お前が金を用意してくれる間は、あいつは許してやるよ」

夢の終わり。

アキは流星と過ごしたこの数週間を思い出していた。

幸せだった。

きっと世界中の誰よりも幸せだった。二人で過ごす時間は少なかったが、流星と同じ部屋に帰り、彼の気配、彼の匂いのする部屋で生活することが何よりも嬉しかった。

寝ていても、起きていても、その存在を感じられる。

これが夢でなかったら、なんだというのだろう。

夢だったから、あれほど幸運だったのだ。きっとそうだ。そうに違いない。

それから、再び兄に金を無心される日々が始まった。

十万を渡した十日後、あと十万と迫られ、その一週間後に五万、三日後に五万、四日開けて今度は六万と、どんどんエスカレートしていった。資金の調達が追いつかない。

無限に金が入ってくると、兄に勘違いさせたのかもしれなかった。

キャッシング枠はあっという間にいっぱいになり、消費者金融でも借りた。さすがに闇金のような怪しげなところは避けたが、調達先がなくなってきている。

破綻は目に見えていた。

金の無心が再び始まったと流星に気づかれたのは、それから一ヶ月が経《た》った頃だった。

桜は散り、季節は次の段階へと移っている。民家の庭先でバラが美しい花弁を広げていた。大型連休のまっただ中で、子供や家族連れの姿があちらこちらで見られる。

久しぶりに二人の休みが被《かぶ》り、その日は朝から一緒だった。

近所のベーカリーでバゲットやクロワッサンを買い、ベーコンエッグを焼いて冷凍のブロッコリーとニンジンを同じフライパンで炒《いた》めた。インスタントのポタージュスープをつける。

ゆっくり朝食を摂ったあとは、ベーカリーで手に入れた手作りビスケットを食べようとコーヒーを淹れた。

「なぁ、アキ」

「何?」

「お前、また兄貴に金渡してるだろ?」

コーヒーの香りが漂う部屋で、咎《とが》めるでもなく、ただ事実を確認するように流星は聞いてくる。そんなところも彼の優しさが滲《にじ》み出ていて、自分にはもったいない人だとアキは改めて思った。

「金、渡してるんだよな？」

「どうしてわかったの？」

「俺のところに来なくなったからだよ」

ばれないと思っていたわけではなかった。だが、夢の余韻を少しでも長く感じていたいという願いから、ギリギリまで二人の生活を続けていた。

アキが答えないからか、流星は「そうなんだろ？」とつけ加える。

軽く息を吸い、覚悟を決めた。言葉で確かめなければならないことがある。流星一人に背負わせていたことを、今はっきりさせなければならない。

「ねえ、流星。その前に俺から質問していい？」

「なんだ？」

窓の外から子供の笑い声が微《かす》かに聞こえた。ボールが跳ねる音がする。

アキも子供の頃、あんなふうに流星と遊んだ。家でのつらい時間を忘れさせてくれる、貴重な時間だった。父から解放されて笑えた瞬間があったからこそ、生きてこられたのに。

「俺、前に聞いたよね。父さんが行方不明になる前の夜のこと」

流星から動揺は感じられなかった。これまでに二度聞いたからなのかもしれない。なぜ今、三度目の質問をするのか。頭のいい彼ならわかっているだろう。

「センター試験の前の日、流星は俺のアパートに来たんだろ?」

「ああ」

「俺を殴る父さんをとめたんだよね?」

「ああ、そうだ」

「父さんを……」

「俺が殺した」

流星の目に浮かんでいるのは、諦めだった。これ以上は隠しきれないと悟っている。そして、覚悟も感じられた。それらから、彼が何を考えているのかがわかる。

「そう」

目頭が熱くなった。

あっさりと認める彼の潔さが悲しくて、涙が溢れる。こんなに美しい魂を持った人を他に知らない。

「俺のために……やったんだね」

アキを護ろうとしたから、結果的に罪を犯すことになった。本当は殺したくなどなかっただろう。けれどもあのまま父が生きていたら、きっとアキが殺された。あの場で殺されなくとも、いずれ父の執着に殺された。心を殺された。

　これまで幸せに生きてこられたのは、流星のおかげなのに。

「俺のせいだ。俺の人生に関わったから……っ」

「違う。そんなふうに考えるな。俺が自分の意志でやったんだ」

「嘘《うそ》だ……っ、そんなの嘘だよ」

「嘘じゃない！　俺は俺のためにアキの親父さんを殺したんだよっ！」

　めずらしく感情的な声に、ドキリとした。

「俺のために……殺したんだ」

　絞り出すように繰り返す彼の言葉に、デジャヴを覚える。

　風に押されてレースのカーテンがふわりと浮いた。それは過ぎ去りし日の教室のカーテンを思い起こさせる。給食費を滞納して担任に責められた時の、気まずい空気で満ちた教室を。

　あの時、アキを庇《かば》って担任に反論した流星が、アキのアパートで放ったひとことを今もよく覚えている。

『別にアキのためじゃない。俺のために言ったんだよ』

　嬉しかった。わからないふりをしていたが、友達への思いやりからではなく、そこに純粋な怒りがあったからだ。だが、今は素直に喜べない。

　それほどのことを、させてしまったのだから。

「なぁ、アキ。俺は……、俺はずっと苦しかったんだ。ずっと期待されてきた。期待を裏切ることを許されなかった」

知っている。流星への周りの期待は圧倒されそうなくらい大きかった。けれども、彼は見事に応えた。今も裏切ることなく応え続けているのに。

「でも、お前が言ってくれたんだ。割れてても美味《おい》しいって。お前はそう言ってニコニコ笑いながら齧ってた。本当に美味しかった。俺は、そんなことにも気づいてなかったんだよ」

苦しげな訴えにハッとなり、アキはコーヒーカップの前に置かれた皿に視線を遣った。

ビスケット。

流星の家に遊びに行った時、そんなふうに言った覚えがある。

あんな昔のことを覚えていたのだ。そして、その言葉を大事にしてくれた。だから彼はよくお土産に持ってきてくれるのだ。

まるで求愛する鳥が餌を運んでくるように。

「あの言葉がどんなに俺を救ってくれたか」

「だって、そんなの……」

にわかに信じられなかった。

当たり前のことを言っただけだ。ただ、美味しいと。感じたままに、割れていても美味しかったからそのまま口にした。そう訴えると、流星の表情が和らぐ。

「そういうところなんだ。俺を元気づけようとか勇気づけようとか、そんな気持ちがまったくなくても、お前は俺を楽にしてくれる。苦しみから、解放してくれる」

穏やかに笑いながら言ったが、次の瞬間、苦しげに眉根を寄せた。

「俺は……お前がいないと息もできない」

衝撃的な言葉だった。それはどんな困難も乗り越えてきた彼の、人知れず抱えてきた苦しみに他ならない。

まるで傷ついた獣だ。深手を負い、弱々しく息をしている。

「流星……、……ごめん」

ずっと傍にいたのに、気づいてやれなくてごめん。

アキは流星が恵まれた環境で育ったと疑いもせず、今まで過ごしてきた自分を恥じた。

家庭に問題があるのは、自分だと思っていた。けれどもアキだけではない。期待を裏切ることなく生きなければならなかった流星もまた、苦しみ続けてきた。

彼があまりにも楽々と親の期待に応えているように見えたから――。

「そんな顔するな。俺はお前に何度も救われたんだよ。お前って存在が俺を救った」

「流星……」

「だからお前を護りたかった。親父さんがいたら、お前は壊されると思ったんだ。そんなのは耐えられなかった。だから、俺は自分のために別荘に連れていって殺した。壁の中に埋めれば、隠せると思ったしな」

あくまでもアキのせいではないと言い張る彼を見ていると、胸が潰れてしまいそうだった。

「なぁ、アキ。兄貴に金を渡してるのは、そのことで脅迫されてるからか？」

すぐには頷《うなず》けなかった。だが、隠しとおせない。

「父さんを……別のところに移しただろ？　兄さんに動画を撮られてた」

流星は口元に笑みを浮かべた。寂しい笑みだった。

リビングは光が溢れていて、彼をより儚げに見せた。この手から零れる幸せとともに、流星も消えてしまいそうでしがみつきたくなる。

「俺は自首しようと思う。そうするのが一番だ」

ハッとした。

そんなことは考えもしなかった。七年以上も隠しとおしてきたのだ。けれども、流星の性格を考えると当然行き着く答えだとも思う。自分のためではなく、アキのためなら人生をも捨てるだろう。

「だってそうだろう？　俺が自首すれば脅迫のネタはなくなる。それで全部解決だ」

窓から風が吹き込んで、またレースのカーテンが揺れた。

爽やかな五月の風は優しくて、いつまでもこの瞬間に自分たちをとどめておきたかった。この瞬間が永遠に続けばいいのに。ここで時が止まればいいのに。

「もっと早くそうするべきだった。俺が刑務所に入っても、兄貴の言うことは聞くな。何を言われようとも、兄貴が不幸なのはアキのせいじゃないんだ。だから、二度と金なんか……」

「――駄目だよ！」

強く遮り、彼の目を見る。だが、涙で視界が揺れ、どんな顔で自分を見ているのかよくわからない。

「……アキ」

「そんなの、駄目だ……っ！」

彼を思いとどまらせなければと思った。このまま彼を行かせてはならない。

アキは心底後悔していた。あの時、アパートを出ることを父に伝えると、流星に言わなければよかった。勇気を出すために、流星に一方的に約束したのだ。彼に誓うことで、自分を奮い立たせた。

そんな甘ったれた考えさえなければ、流星はあの夜、アキを心配して様子を見に来はしなかったのに。

「自首するなんて許さないから……っ！　俺を一人にするなんて許さないからっ！　お願いだ、流星、そんなこと……言わないでくれ……っ、俺に救われたって言うなら、俺のために自首なんかしないでくれっ」

泣きながら訴えた。

「俺のせいで、流星が刑務所に行くなんて耐えられない……っ」

うっく、と嗚咽《おえつ》を堪え、必死で言葉にする。

「俺だって、お前がいたから……っ、生きて、こられたのに……っ、俺の命は……っ、流星のおかげで……繋がってたんだ。お前がいなくなったら、俺は……っ、もう……」

アキは過呼吸になりかけていた。息が吐けず、苦しくて目眩《めまい》がする。どんなふうに息を吐けばいいかわからない。それでも、とめどなく溢れる気持ちをただ言葉にすることしかできない。

そんなアキの状態に気づいた流星が、包み込むように抱き締めてくれる。

「お願いだ、流星、……っく、……お願い、だから……っ、自首、するなんて……」

「アキ、……アキッ」

耳もとで何度も名前を呼ばれた。身を委ねていると少しずつ落ち着いてきて、楽になる。今までそうしてくれたように、今もまた彼はアキを苦しみから救ってくれる。

「わかったよ、アキ。わかったから、もういいから、そんなふうに言わなくていいから」

トントン、と背中を叩かれた。吸って。吐いて。吸って。吐いて。

抱き締められたまま、流星の呼吸に合わせて息をする。そうしていると少しずつ落ち着きを取り戻し、楽になった。緊張していた躰から力が抜ける。

「わかった、自首はしない。お前の傍から離れない」

「本当？」

「ああ。金のことは二人で考えよう。アキの兄貴も、切り札を使ってしまったら自分も金蔓《かねづる》を失う。滅多なことはしないはずだ」

息をつき、ゆっくりと躰を離した。そして目を合わせ、約束させる。

「誓ってくれ、流星。絶対に自首しないって」

「わかってる。わかってるよ。絶対に自首はしない」

言葉で確かめ合うと、もう一度抱き締め合った。そして、流星の体温を感じ、心と躰に染み込ませる。自分にとってどれだけ大事な人かを嚙み締めると、なんでもできる気がした。

どんな決意も、彼のためならできる。

彼はアキのおかげで救われたと言ってくれたが、こんなみすぼらしい自分のせいで彼の輝かしい未来に影が差したのも事実だ。それはあまりにも理不尽で、自分が許せない。関わらなければなんの罪も犯さず、罪の意識に苛《さいな》まれることもなく、まっすぐに歩み続けていたのに。

秘密を知る人は、たった一人だ。

抱き締め合ったまま、アキは視線だけをゆっくり動かして部屋を眺めた。テーブル、椅子、棚、観葉植物、壁の時計。

ひとつひとつ、いとおしむように確かめていく。

一緒に暮らしたのは短い間だったが、流星との思い出がつまった部屋だ。できることなら、それを重ねていきたかった。しかし、はじめから儚い夢とわかっていた。

アキは、心に決めた。彼をこれ以上自分に巻き込むわけにはいかない。秘密を永遠に閉じ込めておくには、何をすべきかわかっている。それが人の道に反することでも構わなかった。これまで流星のおかげで何度も救われてきたのだ。

ゆっくりと息を吸い、心を落ち着かせて自らに誓う。

自分が流星を護る、と。


秘密を永遠に闇の中に閉じ込めておく手段は、ひとつしかない。

アキの心は静かだった。いったん決意すると、森の奥に横たわる湖の水面のように、起きることすべてをありのままに受け入れられる。風が吹けばさざ波が立ち、水鳥が羽ばたきながら降りてくれば飛沫《しぶき》を上げ、木の実が落ちてきたらポトンと飲み込んで静寂を取り戻す。

これ以上、愛する人の人生を壊したくはなかった。もう十分だ。十分、幸せだった。だから、流星を護るために今度は自分が手を汚す。

「小川さん。こっちは全員お食事終わってお薬も飲み終わってますので、歯磨きに行ってきますね」

「はい、お願いします」

ゴールデンウィークが明けた施設は、いつもと少し違っていた。休みを利用して家族が面会にくることも多い中、誰も会いに来なかった入居者もいるからだ。受け入れている人もいれば、不満を募らせている人もいる。

顔を見せない娘や息子に対する愚痴を零せるならまだいい。問題は、気落ちしている入居者だ。元気をなくし、そのまま体調を崩すケースも少なくない。一度そうなると長引くことも多く、特にこの時期は気をつけなければならなかった。

「広君《ひろ》は、いつもえらいねぇ」

九十歳を過ぎた入居者に声をかけられ、アキは彼女の車椅子の横にしゃがみ込んだ。

「えらいってどうして？」

彼女は認知症の症状が進んでいて、時々、孫に間違えられる。入居してから一度も会いに来たことがないためどんな人物かわからないが、似ているのかもしれない。とてもかわいがっていたようだ。アキを職員と認識している時と広君と呼ぶ時の表情が、まったく違う。

「広君は祖母《ばあ》ちゃんの面倒ばっかり見てから、友達と外で遊んでこんね」

「ううん、いいんだよ。祖母ちゃんと一緒のほうが楽しいから」

「そうね？　広君は祖母ちゃんっ子やったもんねぇ」

「うん。風邪は治ったみたいでよかったね。喉とか痛くない？」

アキが聞くと、嬉しそうに目を細めて何度も頷く。苦い薬もアキを孫だと思っている時に渡すと、スムーズに手に取る。

ちょうど薬の時間だったため、歯磨きの前に飲んでもらうことにした。

「ご飯はもういいの？　お腹いっぱいなら、お薬飲もうか」

「お薬はよかよ。苦手やから」

「でもね、先生がお薬はなくなるまで全部飲んでって。そのほうが元気になるよ」

「そうね？　じゃあしょうがないね。広君が言うなら飲もうかね」

湯飲みと薬を渡すと、素直に口に入れる。誤飲しないよう気をつけながら、呑み込んでしまうまで見守った。

「あー、祖母ちゃん元気になった！　広君のおかげで元気になったよ。ほら、握手」

しわくちゃの手を出され、それまで重ねてきた孫とのやり取りを想像させられた。しっかりと握ったあと、車椅子を押して食堂をあとにする。

その一部始終を見ていたのか、歯磨きを終えて部屋に送り届けて戻ってきたアキに施設長が声をかけてきた。

「小川さんをお孫さんだと思い込んでる時は、寂しさが紛れてるみたいですね。今日は昨日よりずっと元気みたい」

「ちょっと騙《だま》している気がしないでもないですけど」

「いいんですよ。本人が幸せになる嘘ならいくらでもついてあげましょう」

軽く肩を叩かれ、頭をさげる。

本人が幸せになる嘘――彼《か》の人もアキのために嘘をつき続けてきた。それが最大限の愛情だとわかる。

その日、アキはいつもどおりに仕事をこなし、施設をあとにした。家路に就く前にレンタカーを借りて出かける。夜勤明けだが、気が張っているのか睡魔はまったくない。

アキは事前に調べていた場所をカーナビに入力し、ハンドルを握った。自分が冷静にこんなことをしているのが信じられない。

その原動力は、流星の人生を護りたいという気持ちだけだ。

港。湖。国道沿いの崖。どこが最適なのか、できる限り多くの場所を下見する。万が一、その場所が使えなかった時のために第三候補まで目星をつけた。

失敗は許されない。必ず一回で目的を成し遂げる必要がある。

その日は三箇所回り、理想的な場所を見つけた。車を降りて、自分の目で確かめる。

急カーブの道路は事故多発地帯らしく、減速を促す看板が掲げられていた。ガードレールから下を覗《のぞ》くと急な崖になっていて、海が広がっていた。ここから落ちればひとたまりもないだろう。

心臓がドキドキしてくるのは、ここで自分がやろうとしていることが現実として差し迫って感じるからだ。ただの想像ではない。これは計画だ。本当はもっとじっくりと練る予定だったが、悠長なことを言っていられなくなった。

『なぁ、アキ。旅行しないか？　来月辺りなら休み取れそうなんだ。梅雨入りしてるだろうけど、二泊くらいできる』

流星が突然そんなふうに切り出したのは、二週間前だ。

その日は夜勤明けで夕飯まで時間に余裕があったため、肉じゃがを作って流星の帰りを待っていた。久しぶりに彼と囲む食卓は楽しく、兄のことなど忘れてしばし楽しんだ。旅行への誘いも、夢のような時間はまだ終わらないと言われているような錯覚に陥る。

だが、彼と目が合った瞬間、それは自分の思い過ごしだと気づかされた。

『な、いいだろ？　あ、これ旨《うま》いぞアキ』

味の染みたジャガイモを口に放り込みながら笑顔で言う彼は、穏やかだった。そして、覚悟を感じた。その目には、悟りにも似た色が浮かんでいる。

自首する気だと直感した。

アキの我《わ》が儘《まま》をいったんは聞き入れてくれたが、兄からの金の無心は続いている。永遠にこの関係を保つのには無理があるのはアキにもわかっていた。

別れの前に、思い出を作ろうとしているのは間違いない。だから、アキは何も気づいていないふりを装い、「行く」と言った。その瞬間、彼から零れた喜びに胸が締めつけられる。

小学生の頃のように「やったぜ」と子供っぽい口調でおどけてみせた流星が、たまらなくいとおしかった。抱きついて、こう問いただしたかった。

なぜ、そんなふうに喜んでくれるのかと。

思い残すことはないとばかりに笑ってくれるのだと。

流星の自分への愛情が伝わってくる。

だから、もう、やるしかない。

アキは、眼下に広がる海を眺めた。

一見穏やかだが、それはいとも簡単に人の命を奪う危険を孕《はら》んでいる。絶え間なく聞こえる波の音が、心のざわつきを代弁しているようだった。流星の幸せそうな顔を思い出し、護らなければと、何度言い聞かせたかわからない言葉を繰り返して決心する。

ここにしよう。

彼を、彼の人生を、負のスパイラルから弾《はじ》き出さなければ、一生自分が許せない。

その時、まるでアキがここに来るのを見ていたように流星からの着信が入った。心臓がトクトクと音を立て、ポケットから出したスマートフォンを凝視する。

ここで彼の声を聞けというのか。

自問したが、声が聞きたいという欲求には逆らえず、震える手でスマートフォンを耳に当てる。

「流星？・」

『ああ、俺だ。今電話いいか？』

「うん、いいけど何？　どうかした？」

『今日仕事で遅くなりそうなんだ。飯一緒に喰えそうって言ってたけど無理そうだ』

「そっか。じゃあ先に食べとく」

今日は流星が仕込んだカレーの予定だった。アキにばかり炊事をさせているからと、夜中に帰ったあと作ったらしい。先日、煮込み料理をする時にカット野菜を使うと教えたからだろう。朝起きたらカレーのいい香りがして、今朝から楽しみにしていた。ひと晩寝かせたカレーが美味しいのは、みんな知っている。

残り少ない二人の生活を、できる限り満喫しようという彼の気持ちがそこからも窺《うかが》え、目頭が熱くなった。

『俺のぶん残しとけよ』

鍋いっぱいに作ったにも拘わらずそんなことを言う彼に、随分自信があるなと笑う。

「そんなに美味しいの？」

『期待しろ』

彼の声は聞き慣れているのに、ここで耳にすると切なくなる。

アキが計画を実行すれば、流星は悲しむだろう。責任を感じるだろう。だから、せめて今だけは楽しいことで溢れさせたい。

「そうだ。旅館、予約できたよ。部屋ごとに露天風呂がついてるとこ」

『あそこ満室じゃなかったか？』

「念のため直接電話して聞いたんだ。そしたらタイミングよくキャンセルが出たって。俺が電話する一時間前だよ」

『ありがとな、アキ。旅行は俺が言い出したことなのに手配してもらって』

「いいよ。できるほうがやればいいんだから」

流星と選んだ旅館はコテージタイプの部屋になっていて、他の客と顔を合わせなくていいのが人気だった。子供連れは周りに気を遣わなくていいし、恋人同士は二人の時間を邪魔されずに済む。露天風呂から見える絶景も軒並み高評価だった。

『それより今どこだ？　風が強いな。声が聞き取りにくい』

「あ、ごめん。ビル風かな」

『波の音しないか？』

「まさか。海にいるわけないだろ」

一度声を聞くともう少し話したい気持ちになったが、これ以上続けると嘘がばれそうで電話を切ることにする。

「旅行、楽しみだね。あ、カレーも」

『何取ってつけたように言ってるんだよ。俺の料理の腕を疑ってるな』

「そんなことないよ。カレーも楽しみだって。もう仕事に戻って」

『そうだな。そろそろサボるなって言われそうだ。じゃあな、俺のカレーを楽しめ』

アキが笑顔のうちに電話は切られた。耳に残る彼の笑いながら放たれた、たわいもない日常的な会話がとてつもなくいとおしく感じる。

ありがとう、流星。俺の人生は、お前のおかげで光で満ちていた。暗がりばかりだった場所を照らしてくれたのは、他ならぬお前だ。だから、今度は俺がお前を護るよ。

波の音を聞きながら、アキはもう一度現実に目を向けた。

5

「兄さん。これ、今回のぶん」

居酒屋の個室で、アキは兄と二人で向かい合って座っていた。個室と言ってもあまり広くはなく、少し息苦しいくらいだ。それは、アキの気持ちによるところが大きいのかもしれない。

「ああ」

金の入った封筒を兄はありがたがるでもなく、乱暴に摑《つか》んでポケットにしまった。まるでそれが、つまらないものであるかのように。

「中身確かめなくていいの？」

「いいよ別に。それよりアキが一緒に飯喰《く》いたいなんて、めずらしいな」

「たまにはね。もうすぐボーナスが出るし、兄さんと美味しいものでも食べたいなって」

「何企《たくら》んでんだよ。あの画像データは渡さないからな」

まだ冷静に考えられる理性は残っているようだ。しかし、随分と酔っている。アキが差し出すビールの瓶に、反射的にグラスを出して口をつけていた。だが、酔い潰すつもりなのではない。チャンスが訪れるのを待っているだけだ。

　無理に飲ませようとしないのが警戒心を解いたのか、席についていて一時間もしないうちにそれはやってくる。

「ちょっとションベン」

　そう言って兄は個室を出ていった。すぐには動かず、数秒待ってから準備していたものをポケットから出す。小さな包みの中には、白い粉が入っていた。店員が来ないか気をつけながら、包みを開ける。手が震えた。

　自分が何をしているのか十分に自覚しながら、兄のグラスに粉を入れる。

　睡眠薬の錠剤を砕いたものだ。施設で入手した。入居者に不眠症の老人がいて、医師に処方してもらっている。それを一回ぶん拝借したのだった。

　入居者の薬を管理する立場にあるからこそできたのだ。利用して申しわけないと思う。入居者にも職員にも。自分が起こす事件がこのあと彼らにどれだけの影響を与えるだろう。

　それでも自分の手を汚すと決めたからには、どんなことでもするつもりだった。

　兄が個室に戻ってくると、睡眠薬を入れていた空袋をポケットにしまう。

「少し飲み過ぎかもな」

　言いながら兄はまたグラスに手を伸ばす。飲む姿を確認したい欲求に駆られるが、なんとか我慢した。視界の隅に、なんの疑いもなく一気に呷《あお》る姿が映っている。

あっけなかった。

混入した薬は飲み干された。少しも残していない。あとは少し待てばいい。その思惑どおり、アキがつぎ足したビールを半分も飲まないうちに兄の頭がぐらんぐらんと前後に揺れ始めた。

「送ろうか？　今日は車なんだ」

「んぁ？　ああ、そうだな。急に……眠く、なって……きた」

薬の効果は絶大だった。

先に会計を済ませ、ほとんど返事のない兄を連れて店をあとにする。肩を貸して駐車場まで歩き、兄を助手席に乗せた。ここまで来れば、成功したも同じだ。

ぐっすりと寝ている兄を一瞥《いちべつ》し、前を見る。駐車場を出て目的地へ向かった。

これから秘密を兄とともに葬るのだ。そして、自分も……。

この手段を選んだ最大の理由は、兄だけを手にかけてアキが生きていれば、流星《りゅうせい》はなぜそんなことをしたのか訴えるに違いないからだ。ほんのわずかなアキの減刑のために、七年前に犯した罪を告白するだろう。

だから、兄とともに自分も葬るのがいい。護るものがなければおそらく自首はしない。

車を走らせながら、アキはもう一度助手席の兄を見た。その寝顔には荒《すさ》んだ生活が滲《にじ》み出ている。不摂生による血色の悪さと肌の荒れは隠せない。

何度も金をせびられ、脅迫もされたが、不思議と憎しみは湧いてこなかった。子供の頃は父の暴力から助けてくれたからだ。あの頃の兄はもういないとわかっていても、確かに存在していた。こうなったのは、兄が自分よりずっと不運だったからだろう。

ひとつ間違えば、アキも他人を羨む人生を送っていた。流星という存在がなければ、似たような道を歩んでいたに違いない。

「兄さん、一人では逝かせないから」

それが兄に対するせめてもの償いでもあった。救えないまま命を奪うことへの、アキなりの謝罪とも言える。

目的の場所までは、車で一時間ほどだった。いったん通りすぎ、邪魔なものがないか確認してUターンする。手が震えていた。怖くないわけがない。心臓も破裂しそうなくらい跳ねていた。足の感覚も薄い。それでもやると決めたのだ。

光に向かって歩き出す流星の後ろ姿を想像した。これが本来の姿だったのだと、アクセルを踏んで海に車を走らせる。

流星。流星。流星。

決意が揺るがないように心の中で名前を呼びながら、これまで重ねた思い出を反芻《はんすう》した。

二人で駆けた公園。ベンチでやる宿題。二人で食べたビスケット。初めての制服。違う時期の声変わり。そして、別々の進路。

いつまでも一緒にいられるとは思っていなかった。それなのに、流星はアキの人生のどこかしらに存在していた。手を差し伸べてくれた。気持ちが通じ合ってからは、これほどの幸せがあるだろうかと思うことばかりだった。

もう十分だ。

涙で目の前が見えなかった。彼への気持ちが次々と溢《あふ》れ、躰《からだ》を突き破って出てくる。全身が震え、満たされた。最後に彼を護《まも》れると思っただけで、幸せになれる。

好きだ。流星が好きだ。

アキはそう繰り返しながらアクセルを踏み続けた。


「アキ！」

名前を呼ばれ、アキは目を覚ました。心配そうな流星が視界に入ってくる。見下ろされているのに気づき、周りを見渡した。

「どうした？　苦しそうだったぞ」

目が覚めるとそこは、自分たちのマンションだった。心臓がバクバクと音を立ててうるさいくらいだ。流星に聞こえそうで、深呼吸をして自分を落ち着かせる。

「夢、か」

計画を何度もシミュレートしたため、頭の中に残っていたのだろう。夢は記憶の整理とも言われている。決して失敗の許されない計画は、実行の日が迫っていた。

「平気か？」

「うん、大丈夫。帰ってたんだ？　ごめん、先に寝てしまって。昨日は帰り何時だった？」

「二時過ぎかな。旅行の前日だってのに、残業続きでこっちこそ悪かったな。出かけるまでに時間があるけど、もう少し寝るか？」

アキは首を横に振った。残り少ない時間を寝て過ごすなんてもったいない。

「流星こそ寝たほうがいいんじゃないか？」

「俺はショートスリーパーだって前に言わなかったか？　大丈夫だよ」

今日から流星と草津《くさつ》温泉へ二泊三日の旅行だった。観光をし、温泉に浸《つ》かって美味《おい》しいものを食べる。二人で立てた計画はごくありきたりのものだが、流星との初めての旅行というだけで特別になる。それが二度と味わえないとわかっていれば、なおさらだ。

しかし、最後まで楽しむつもりはなかった。この旅行が終われば彼は自首する気だ。だから先を越されないよう、一泊したあと流星を置いて先に帰って計画を実行する。

兄とは明日の夕方に会うことになっていた。居酒屋も予約しており、場所も伝えてある。少し遅れると電話を入れておけば、先に飲んで待っているだろう。

あとは、夢のとおりに実行すればいい。

「なんか具合悪そうだな。それなら……」

「悪くないよ。すごくいい。変な夢見ただけだから。それより流星、その怪我《けが》どうしたの？」

人差し指のつけ根に大判の絆創膏《ばんそうこう》が貼られていた。大きな怪我ではないらしいが、ガーゼにわずかな血が滲んでいるのが見える。

「朝飯作ろうとして失敗した」

「え、大丈夫？　深く切った？」

「平気だよ。それより見ろよ。晴れたぞ」

窓を開けると、梅雨入りしているとは思えない青空が広がっている。

「わ、ほんとだ。昨日の雨が嘘《うそ》みたいだ」

「あんなに降ってたのにな。俺の日頃の行いがいいからだ」

「あはは、なんだよそれ」

隣に立った流星は空を見上げた。見慣れた横顔を目に焼きつける。子供の頃に比べると骨格は随分しっかりしているが、まっすぐに前を見つめる視線は同じだ。

変わらないままでいて欲しい。

「朝飯作るの諦めたから、どっかで食べよう。アキは何食べたい」

「そうだな。現地まで車で三時間くらいだよね。あんまりお腹空《す》いてないなら、あっちで食べてもいいかな。食べ歩きできる場所とかあるらしいよ」

スマートフォンで検索していたお勧めの観光スポットのページを見せた。足湯もあり、ゆったりと散策できて贅沢《ぜいたく》な時間の使いかたができる。

流星と一緒にいられる時間は残りわずかだ。貴重な時間を心ゆくまで楽しみたい。

「俺は朝抜くことも多いし、昼くらいまで食べなくても平気だぞ」

「じゃあそうしよっか」

二人はマンションを出ると予約していたレンタカーを借り、寄り道してフレッシュジュースを買った。アキは桃で流星はシャインマスカットだ。旬の時期にはまだ早いが、どちらもほどよい甘さで飲みやすい。

「しっかし、ほんとよく晴れたよな。このまま梅雨明けしそうな空だよ」

フロントガラスから見える景色は、鮮やかだった。昨日の雨で大気中の埃《ほこり》が洗い流されたようだ。理想的な景色を前に、心まで晴れ渡っていく。

途中、運転を代わり、昼過ぎに旅館についた。丁寧な接客が評判の旅館で、女将《おかみ》に部屋まで案内される。荷物を出していると仲居が来て、二人に茶を淹《い》れてくれた。心づけを渡したあと、観光スポットのひとつ『西《さい》の河原《かわら》通り』へ向かう。

「わ、すごい。なんか風情があるなぁ。建物が古いからかな」

「街並みがサマになってるよな」

そこは土産店や食事処《どころ》が並んでいて、あちらこちらからいい匂いが漂ってきた。

「ねぇ、流星。串焼きの店があるよ。美味しそう」

「食べていくか」

歩きながら食べている人もいたが、店先にはベンチも置いてあり、二人はそこに座ることにした。川魚の串焼きとハイボールを注文する。

「なんか昔話に出てくる魚みたい。囲炉裏に刺してるやつ。こういうのいいよね」

「漫画肉とかな」

魚は香ばしく、ホロホロと身が崩れて口の中で溶けた。ひれもカリカリで歯応えがいい。店主が手羽先も人気だと言うので、一本ずつ注文する。熱烈に勧めるだけあって、皮がパリパリでこちらも絶品だった。

「昼からお酒飲みながら外で食べるなんて贅沢だな。こんなふうに流星と旅行できるなんて思わなかったよ」

「俺はずっとアキと来たかった」

串焼きの店を出ると、街並みを楽しむ。風情のある温泉街は、歩いているだけでも美しいものが次々と目に飛び込んでくる。それは建ち並ぶ店だけではない。

「わ、あそこすごいよ」

湧き湯だった。毎分何リットルのお湯が出ているのだろう。かなりの高温らしく、湯煙が立ち籠めている。

温泉の成分だろうか。ライムグリーンの鮮やかな色をしていた。岩も湯が流れるところは深緑色になっており、もとの岩の模様と相俟《あいま》って芸術品のようだ。その美しさに目を奪われる。

「綺麗《きれい》だな。なんの成分で染まるんだろう」

観光客がスマートフォンで自撮りをしていた。アキも何枚か写真を撮る。残したところで、これを見返す時間はあまりないというのに。

それでも美しい景色というのは、切り取って持っていたくなる。

「そういや近くに射的ができる店があるって。どうする?」

「え、ほんと?　行く行く。射的したい」

射的と聞いて心が躍った。子供の頃は憧れだった。

祭りでの金魚掬《すく》いやヨーヨー、射的。父はアキが祭りに行くのを嫌がり、絶対に許してはくれなかった。流星がアパートを抜け出せと誘ってきたこともあったが、そういう時に限って父は家にいる。

酔い潰れて寝てくれればいいのに、深酒もめずらしくない父がそんな日は決まってセーブしているのだ。祭りの時間が残り少なくなり、父は寝ないとわかってがっかりする寂しさは、今もありありと思い出せる。

結局、一度も行けなかった。今思えば、あれはアキに対する支配欲を満たす行為だったのかもしれない。その行動を制限し、子供がやりたいこと、喜ぶことを取り上げる。

「すみません、二回ぶんお願いします」

店に入ると店員に千円札を渡す。一回につき十発撃てるようだ。初めて持つ射的用のコルクガンは思ったより重く、しっかりした作りだった。

店内には大学生ふうの四人組と男女のカップル、外国人の家族連れで賑《にぎ》わっていた。景品は子供が喜びそうなものばかりだが、それがまた祭りの夜店を思わせて楽しい。

順番が来ると、アキはコルクガンを構えて狙いを定めた。

「わ、外れた。あ～、全然駄目だ」

半分は的にすら当たらなかった。六発目でようやく掠《かす》るも少し動いただけだ。七発目はまた外した。流星はというと、軽々と景品を手に入れる。子供の頃からあるビスケットだ。

「手を怪我してるのに、どうしてそんなにあっさり取れるの?」

「俺のやろうか?　お前の好物だし」

「いい、自分で手に入れる。もう一回やっていい?」

「いくらでもやれ、俺がやると景品がなくなりそうだから見てるよ」

「なんだよそれ。憎たらしいな」

流星は笑いながら腕組みをして、アキがコルクガンを構えるのを背後から眺める。

「アキ～、しっかり狙えよ～」

「ちょっと、やりにくいからそんなに煽《あお》るなって。余計に当たらなくなるだろ」

「言いわけ言いわけ。ほら、ちゃんと見て撃てよ」

「見てるって。あっ、ほらまた外した！」

子供の頃に味わえなかった時間を取り戻すかのように、アキは射的を楽しんだ。腕はなかなか上がらず、三回目でようやく景品を手にできた。貰《もら》ったチョコレートを手に流星のところへ戻ると、何か言いたげな彼と目が合う。少しはしゃぎすぎたかと思ったが、立ち上がってアキと一緒に店を出ようとした瞬間、耳もとで囁《ささや》かれる。

「お前が楽しそうにしてると嬉《うれ》しいよ」

「……流星」

何気なく零《こぼ》れた言葉が心に染み入ってきて、胸が締めつけられた。アキに穏やかな目を向けて笑う彼を、永遠に眺めていたい。

計画など放り出してしまいたくなった。このまま二泊三日の旅を満喫して、二人でマンションに帰れたらどんなにいいか。

今ならまだ間に合う。計画は中止できるのだ。

そんな考えがよぎった瞬間、心臓がトクトクと音を立て始めた。コクリ、と唾を呑《の》み込んで繰り返す。

計画は、中止できる。

秘密を守り続ける別の手があるのではないかと、アキは考え始めていた。

兄は今まで黙っていたのだ。金を渡し続ければ簡単に漏らすことはないだろう。アキは兄にとっても貴重な収入源だ。秘密を漏らせば失う。

交渉して一回に渡す金の額を減らしてもらえば、破綻は避けられる。それなら流星も自首を踏みとどまるかもしれない。

「アキ、どうかしたか？」

「あ、ごめん。なんでもない」

声をかけられて我に返った。あれほど強く決意し、何度も下見を重ねて場所を選んだのに迷いが出ている。すでに兄と会う予定にもなっているのだ。今さらあとには引けない。

アキの喜ぶ姿を見て嬉しいと言ってくれた彼を、これ以上闇に引きずり込むわけにはいかなかった。そう思ったからこそ、あの計画を立てたのではないか。

あまりに幸せな時間が、アキの判断を鈍らせていた。

「なぁ、喉渇かないか？」

「あ、うん。どこか店にでも入る？」

「人が増えてきたな。店混んでるし、買ってくるからベンチで待ってろよ。何がいい？」

アイスティと答えると、流星は店に向かった。その背中を少し見送ったあと、まだ誰も座っていないベンチに腰掛ける。

アキはスマートフォンをポケットから出して眺めた。

計画は、中止できる。

もう一度そんな考えが浮かび、ふらふらと誘われるように兄に電話をかけた。呼び出し音が鳴り、プツリと途切れる。

「あ、兄さん?」

話しかけるなり、留守番電話の無機質な声が聞こえてきた。

アキの気持ちを見透かした何者かに「実行しろ」と念押しされたようだ。何を尻込みしているのだと。やると決めたのだろうと。流星を護るんだろう? と。

息をつき、電話を切る。今さら計画を変更しようなどと甘えた考えに、嗤《わら》った。そして、そんな考えは捨てろと自分に言い聞かせる。

自分のためではない。愛する人のためだと。

足元に影ができて顔を上げると、流星が両手に飲みものを持って立っていた。

観光地の賑わいが嘘のように、夜は静けさで満たされていた。

露天風呂に浸かって夜景を眺めながら、一日の終わりを噛《か》み締めるように過ごす。

「夕飯、美味しかったね。想像以上だった」

「俺は日本酒が当たりだったな」

「うん。買って帰ろうか」

源泉掛け流しの湯がチョロチョロと音を立てていて、静けさがより身に染みて感じられた。誰にも邪魔されない隔離された世界に放り込まれたようだ。

二人きりの時間をじっくり味わえる。

「ねぇ、手の怪我お湯につけて大丈夫？」

「ああ、もう塞がってる。ほら」

手をパーにして目の前に掲げられた。いつ見ても形のいい長い指だ。

「だけど時間が経《た》つの早いな。さっきマンションを出たと思ったのにもう夜だ」

自分の気持ちを代弁されて嬉しくなった。楽しい時間はあっという間に過ぎていく。子供の頃に何度も味わった感覚だ。

父と二人きりでアパートで過ごす時間と、流星と公園で遊んでいる時の時間の流れかたはまったく違った。

早く日が暮れて欲しいと願えば、太陽はいつまでも空の上にいる。

まだ暮れて欲しくないと願えば、太陽は逃げるように山の端へ消えていく。

「なぁ、アキ」

「何？」

「また二人で旅行しような」

「うん」

果たせぬ約束をする不誠実さを申しわけなく思うが、それを願う気持ちに偽りはない。また流星とこんなふうに過ごせたらいいと、強く願っている。

ちゃぷん、と音を立てて手で湯を掬った。白濁した湯は少しぬめりがあって肌がつるつるする。濡れ髪の流星はスーツを纏《まと》っている時より若く見えた。汗だくで遊んだ子供の頃の面影が、より強く浮かんでいるからだろう。

「また温泉がいいな」

「俺もそう言おうと思ってた。今度はさ、しっかり休みをとってもっと遠くに行こう」

「そうだね」

遠くに。

そんな些細《ささい》な言葉が、アキの胸をつまらせる。

本当にそんなことができたら、どんなにいいか。溢れる幸せとともに終わりを迎える切なさを感じて、鼻がツンとする。

目の奥に込みあげてくる熱いものは、顔を湯につけて誤魔化した。

風呂から上がると浴衣に着替え、肩を並べて座卓について残りの日本酒を口に運ぶ。言葉少なく、ただ二人で酒を酌み交わした。流星が相手だと無言の時間でも息苦しくないのは、子供の頃からだ。

ふと、アキは隣の部屋に目をやった。

開け放たれた襖《ふすま》の向こうに、布団が二組敷いてある。灯《あか》りは落としたままで部屋は闇に沈んでいるが、白い布団がぼんやりと浮かんで見え、何やら意味深だった。

このあとのことを仄《ほの》めかすそれに、少し落ち着かなくなる。

「アキ、まだ飲みたいか？」

「ううん。もういいかな」

斜めにした徳利から最後のしずくが滴ると、流星にそれを優しく奪われる。コトリ、とそれが座卓に置かれるのを眺め、近づいてくる気配に視線を流星に向けた。

顔を傾けながら唇を寄せる彼の穏やかな表情は、男の魅力に溢れている。

「ん……」

キスをされ、素直に応じた。軽く唇を重ねられ、優しくついばまれる。静けさの中、チュ、チュ、と微《かす》かに音が聞こえ、音で愛撫《あいぶ》されている気分だった。

「ん、ん……、……ぅん……」

甘い声が唇の間から漏れるのを自覚する。

今日が最後の夜なのだと、この幸せを噛み締めた。何ひとつ、漏らしたくはない。

流星の息遣い、唇の感触、触れ合う前髪、鼻先。失いがたい幸せを明日手放すのだ。すべて心に刻んでからでないと、また迷ってしまいそうだ。そうならないよう、この身と心にありったけの流星を記憶させようと思う。

心にも躰にも彼の匂いを纏っていたら、きっと死を目前にしても幸せでいられるだろう。

唇が離れると、アキは流星の頬に触れた。指を滑らせ、唇に触れる。ほどよい柔らかさと健康的に色づいたそれを見つめた。

子供の頃の面影を残しつつも、一人の男に成長した彼の美しさを今手にしていると思うと、心が震えた。彼は自分だけを見ている。

「なんだよ、俺はそんなに男前か？」

「うん」

素直な返事に、流星はふっ、と笑った。

「見たけりゃいくらでも見ていいぞ」

瞼《まぶた》に触れると、流星は瞳を閉じてされるがままアキに自分を差し出してくれる。

二重の跡がくっきりと残っていて、しっかりした睫《まつげ》が生えていた。眉は意志の強さが表れていて、手入れをしたように形がいい。

眼窩《がんか》の縁を指でなぞり、そのままえら骨から顎に滑らせる。

なんて美しい男だろう。

もう一度唇を撫《な》でるとそれは微かに開き、白い歯がチラリと覗《のぞ》いた。その間から赤い舌先が姿を現し、それはアキの指に触れる。

「ぁ……っ」

指を甘く噛まれた。閉じられた瞼が開けられた瞬間、目が合う。心臓を貫くようなまっすぐな視線には熱情が浮かんでいて、反射的に逃げようとした。怖いほどの魅力にたじろいだのかもしれない。捕まってしまう、と。捕まって、二度と戻ってこられなくなるのでは、と。

「ぁあ……っ」

手首を摑まれて指の股を大胆に舐《な》められ、ぞくぞくっ、と甘い戦慄が走った。思わず身を引いたが、腰に腕を回されて引き寄せられる。

「んぁ、……ぁあ……、んぁ……、ぁ……っん、……ん……ぁ」

無遠慮な舌に口内をあますところなく舐め回されると、アキの奥に眠る浅ましい欲望はいとも簡単に目覚めさせられた。柔らかな舌がこれほど凶暴な色香で自分を翻弄するだなんて、信じられない。目眩《めまい》の中で感じるのは、幸せだけだ。明日には失うとわかっていても、今こうして彼との時間を過ごせることは喜びに他ならない。

「向こうの部屋に行こうか？」

立ち上がった流星に目の前に手を差し伸べられた。優しく見下ろされ、彼らしい誘いかただと思った。手を取り、アキもそれに続く。

もう一度キスをしてから、二人は隣の部屋へと移動した。

エアコンの風量が変わったのがわかった。

静まり返った部屋では、そんな小さな音でもはっきりと耳に届く。布団の上に優しく押し倒されると、微かな衣擦《きぬず》れの音に欲望を刺激された。

胸のところで躍る心臓の音も、きっと流星には聞こえているだろう。

「アキ」

両手をついて自分を見下ろす彼の表情に、今いた部屋の灯りが差し込んでいる。

その端整な顔の作りを、陰影がよりはっきりと浮かびあがらせていた。彼の目にいとおしさが浮かんでいて、そんなふうに見つめられる自分は、もうこれ以上幸せを手にできなくて当然だと思った。

人が得られる幸福にはきっと上限があるのだ、と。自分は上限を遥《はる》かに超える幸せを貰ったのだから、終わりを迎えるのは当たり前だ、と。

「ぁ……、……ん……」

耳もとまで流星の気配が近づいてくると、無意識に息を呑んだ。軽くアルコールが入っているからか、それとも風呂から上がったばかりだからか、いつもよりすぐに躰が熱くなる。

浴衣の胸元が大胆に開いて胸板が露《あら》わにされた。

「アキ」

「……ぁ……っ」

耳もとで名前を呼ばれただけで、全身が痺《しび》れた。

首筋に顔を埋められてさらに体温が上がる。躰を預けられ、自分よりもずっとしっかりした肉体を感じた。だが、ただ逞《たくま》しいだけではない。腕も、胸板も、背中も、どこを取ってもしなやかだ。柔軟なバネを持つ肉食獣のような躍動を秘めている。

それは尊くて、手の届かぬはずのものに触れた罪悪感すら覚えた。

「ぁ……っ！」

鎖骨に歯を立てられると、もっと噛んでくれとばかりに流星の躰を強く抱き締める。このまま骨を砕き、喰らって欲しくなった。そうすれば、彼の一部になれる。一部になって混ざり合いたい。

愛撫は鎖骨から胸板へと降りていき、敏感な部分に到達する。中心はすでに硬く変化し、アキがこの行為を心から望んでいることを吐露していた。

「ぁ……、はぁ……っ、――ぁ……っく」

流星が布団の下に手を入れて何か取り出すのが気配でわかり、そちらを見る。手にしていたのはチューブ入りの軟膏で、指にたっぷりと出した。

「用意してないわけがないだろ?」

ふ、と口元に浮かんだ笑みに、心が蕩《とろ》けた。その魅力をあますところなく見せつけるような笑いかただった。

幾度となく肌を重ねてきたが、まだすべてを見せていないと仄めかされて心臓が高鳴る。尻込みする気持ちと、期待と、戸惑いとが綯《な》い交《ま》ぜになっていた。

「いきなり全部晒《さら》したら、ドン引きされそうだったからな」

「何、言って……」

「俺のこれまでの忍耐力に感謝しろよ」

いたずらっぽく言われたかと思うと、下着を剝ぎ取られて蕾《つぼ》みを探られる。

「……ぁう……っ、ぅう……っく」

「今日は……我慢しないことに、決めてるんだ」

淡々と、けれども欲望を秘めた手つきでそこをほぐしていく彼の指に、アキは喘《あえ》ぎながら誰にともなく感謝した。

今日でよかった。知るチャンスを与えてくれてよかった。それを知ってから逝けるのだ。

軟膏を足され、さらに後ろをほぐされる。

「ぁ……あ……、……はぁ……っ、……あ、あ、あっ」

滑りがいいおかげで、アキの後ろはいとも簡単に彼の指に吸いつき始めた。それだけでは足りず、積極的に脚を開いて自分を差し出す。

もっと見せて欲しい。流星の欲望を。もっとぶつけて欲しい。

「どうした、アキ。なんだか、いつもより……」

「だって……っ、……ぁ……あぁ……ぁ」

指を二本に増やされ、より深く指で中を探られて欲望はさらに濃度を増した。

「流星……っ、……りゅ、せ……、……すご……く、……すごく……っ」

欲しくてたまらなかった。何度も躰を重ねた記憶が、流星を求める。早く来てくれ、と。だが、彼はすぐには応じてくれなかった。

「まだだよ。まだ、お前が乱れる姿を見ていたい」

冷静さを残す彼の瞳に、すっかり理性を失った自分の姿が映っているのかと思うと、恥ずかしくてならなかった。それなのにアキの中の獣は、身をくねらせながら躍り出ている。

「ここも、敏感だったよな」

「あ！」

胸の突起を親指で刺激された途端、下半身が熱に包まれた。繋《つな》がりたいのに、そこに行き着くまでもなくイってしまいそうになり、必死で堪《こら》える。

欲しい。足りない。足りない。欲しい。

もどかしくて、苦しくて、たまらなく好《よ》かった。被虐的な悦《よろこ》びがあることを身をもって教えられる。だが、それも長くは続かない。

つんと尖《とが》った突起の先を舌先で刺激された瞬間、躰はアキの努力を振り切ってしまった。

「ぁあっ！」

ブルブルッと下腹部を震わせ、飢餓感の中であっさりと果てた。腕で顔を隠しながらはしたなくイってしまったことを詫《わ》びる。

「流星、ごめ……」

「いいんだ。ちゃんと見たかった。お前がイく瞬間を、目に焼きつけたかったんだ」

今日が最後の夜だと知っているような言いかただった。アキの計画を、彼が知っているはずはないのに――。

何か大事なことを訴えられている気がするが、それが形になる前に流星は浴衣の帯をするりと解き、前をくつろげて覆い被《かぶ》さってくる。

「ぁあ……っ！」

あてがわれるなり、何も考えるなとばかりに熱の塊に押し入られた。容赦なく腰を進めてくる。焦《じ》らされて足りなかったところにいきなり溢れるほど与えられ、アキは悦びに噎《む》せた。

「ぁ、ぁ……ぁ……、――んぁぁ……っ」

ズシンと躰の奥まで届く衝撃に悲鳴にも似た声をあげ、ズルリと出ていかれる名残惜しさに喘ぐ。

「あぁ……、はぁっ、あ、あ」

何度も躰を重ねているのに、今日は違った。いつもより流星の力強さを感じる。若干の強引さと切実さで、アキを貪ろうとしている。それに触発されたのか、最後に自分のすべてを見て欲しくなり、これまでになく大胆に彼を求めた。

「ぁ……」

イイところに当たるよう、自ら腰を浮かせる。けれどもそれだけでは満足せず、身を起こし流星の上に座る格好になった。そして、額と額をつき合わせて見つめ合う。こうすると、流星がどんな表情をしているのかがよくわかった。

「流星……」

目許《めもと》を紅潮させる彼の色っぽいことと言ったら――。

いつもと違う視線の位置に、動物じみた興奮を覚えずにはいられない。ふいに、この美しい男を喘がせてみたくなった。それは、突き上げてくるような衝動だった。

抗《あらが》わず、欲望のまま流星の先端が奥に当たるよう、腰を前後に揺らす。ゆっくりと。快感を得る自分を彼の瞳が捉えていると思うと、全身が総毛立つほどの快感に見舞われた。

表皮を一枚剝ぎ取られたかのように敏感になっている。理性を保てない。

「アキ……、……っく、……アキ……ッ、……今日は、……大胆、だな……っ」

「……嫌？」

「なわけ、……っく、ないだろ……っ、……ぁっ……く」

苦しげで甘い喘ぎを漏らしたあと、流星は汗で濡《ぬ》れたアキの前髪を指でそっと掻《か》き上《あ》げ、欲望に掠れた声でこう言う。

「……サービス、よすぎて……イきそ……だよ」

彼の魅力に心が蕩け、さらに欲しくなった。ピクピクと尻が軽く痙攣《けいれん》し、彼を咥《くわ》え込《こ》んだところがよりきつく収縮する。

「好きだよ、流星……っ、……はぁ……っ、ぁあ……っ」

「はぁ……っ、……アキ……」

「流星に……気持ちよく、なって……欲し……、……ぁあ……ぁ」

「なってる、よ……っ、こんな……、……お前、こんな……、……エロすぎだろ」

ハッと笑う流星は、魅力的だった。普段の冷静な彼を知っているだけに、目許を紅潮させて男っぽい喘ぎを漏らす彼がいとおしくてならない。

早くこうすればよかった。もっと早く自分をさらけ出していたら、彼により多くの悦びを感じてもらえたのに。

そう思うと、せめて残された時間は彼にすべてを見せようと大胆に腰を使う。

「気持ちいい？　流星……、……ぁ……っく」

「ああ、……すごく、……いいぞ」

尻に喰い込んでくる流星の指が、どれほどの快感を得ているかを証明していた。痛いくらい摑んできて、汗ばんだアキの肌に唇を這《は》わせてくる。あますところなくアキを感じようとしているのがわかり、それが嬉しくてさらに身をくねらせる。

「ぁ……ん、んん、……っく、……ぁあ……ぁ」

「はぁ……っ、アキ、……アキ、お前は、ちゃんと……」

「俺も……、俺も……っ、すごく……気持ち、いい……、……ぁあ……」

流星の視線を感じた。はしたなく腰を使う自分を、乱れる自分を、流星が観察するように見ている。

快楽のまま踊るように、腰を使う自分を見せつけた。見て欲しかった。

「アキ、……綺麗だ、……壊しそうで、怖いよ。……何度も、こうしたのに……」

「……っ、……ぁ……っ、平気、……っく、……平気、だから……っ」

「おかしく、なり、そ……、だ……」

苦しげに放たれた言葉が、アキを悦びの淵《ふち》へと誘う。

俺もだ。俺も、おかしくなりそうだ。

快感のあまり膝が震えてとまらない。流星を喰い締めずにはいられない己のはしたない躰を恥じながらも、同時にさらに深く呑み込もうとしてしまう。

今夜、彼の求めるますますべて差し出して、明日、逝く。

「今度は、一緒にイこう」

誘われ、何度も頷《うなず》いた。視線を合わせ、互いに腰を使う。いっそう力強く、激しくなる腰の動きに、アキは手放しで与えられるものを貪った。

「ぁ、あ、あ、ぁ……っ」

「アキ、……アキ……ッ」

自分の中の流星が、より存在感を増した。肉欲だけではない。彼の存在を感じることが、アキを頂きへと連れていく。

「――ぁあああ……っ！」

奥に流星の熱い迸《ほとばし》りを感じ、アキも白濁を放った。

ビクビクと余韻を味わいながら腰を反り返らせていたが、ふいに躰から力が抜ける。自分で自分を支えることができない。後ろに倒れ込むと、流星はアキを支え、頭に手を添えてそっと布団に寝かせてくれた。そのまま顔の両側に手をついてアキの表情を上から眺めている。

「りゅ、せ……」

「アキ、本当に……綺麗だ……、俺には……もったいないよ」

まだ息が整わない彼の顎先から一滴アキの頬にしたたり落ちた。半ば放心したまま、無意識にそれを指で掬って舌に乗せる。

子供の頃、流星と一緒に公園で走り回ったあとに舐めた唇と同じ味だった。

気がつくと、自分に覆い被さる流星を抱いていた。

気を失うように眠っていたらしい。ほんの数分の出来事だ。流星の重みが心地よく、このまままどろみに身を任せていたくなる。

まだ熱が燻《くすぶ》っていて、何かのきっかけでそれはすぐに炎となりそうだ。目覚めて活動するには早い時間の静けさが、それをなんとか抑えている。

身じろぎする音とともに、流星の少し掠れた声がした。

「大丈夫だったか？」

「うん」

「悪かった。歯止めが利かなくて」

「それは俺もだよ」

「お前があんなことするなんて、滾《たぎ》りまくったじゃないか」

「ごめん」

「なんで謝るんだよ。あれがいわゆるエモいってやつだな」

流星はそう言って身を起こした。二人が脱いだ浴衣がくしゃくしゃになって布団の外に押しやられている。先に流星がそれを羽織り、アキのぶんもたぐり寄せて渡してくれた。

「アキ、ありがとな」

「え？」

「ありがとう」

優しい目で言う流星を見た瞬間、両手で心臓をきつく絞られたように、ギュッとなった。

「急にどうしたの？」

「別に……急にお礼が言いたくなったんだ。お前がああいう姿見せてくれたのも、意外だったしな」

ほんの先ほどまで乱れていたことを思い出し、今さらのごとく羞恥が湧き上がってくる。

「わ、わざわざ口に出して言うなよ」

クス、と笑うその表情がたまらなくよくって、いつまでも見ていたいと思った。いつまでも彼の傍《そば》で彼を眺めていたいと。それが叶《かな》わぬ願いだとわかっているからこそ、この時間が余計にいとおしくなる。

その時、流星の手の絆創膏に血が滲んでいるのに気づいた。とまったと言っていたのに、思いのほか傷が深かったのかもしれない。

「傷口、開いてる」

「ああ、本当だ。平気だよ。ティッシュでも当てて少し押さえとけばそのうちとまる」

流星はそう言って絆創膏を剝がした。皮膚が引っ張られて傷口がさらに開いたのか、血が溢れ出す。

「あ」

アキは思わず唇を寄せて流れる血を舐めた。なぜそうしたのかはわからない。ただ、今まで流星の中を巡っていたものを、拭き取りたくなかったのかもしれない。血も彼の一部だ。だから、口にしたかった。それが欲しかった。

この先に待っている別れを、意識しているのかもしれない。

「ごめん。子供の怪我でもないのに。新しい絆創膏……」

言いかけて、言葉を呑み込んだ。

唇に血でもついているのか、流星は心奪われたようにアキの唇を覗き込んでいる。その視線は熱く、戸惑わずにはいられなかった。

「どうかした……、――うん……っ」

いきなり唇を奪われ、勢いのまま彼の舌を受け入れる。強く吸われ、目を閉じて嵐が過ぎるのを待った。けれども口づけはすぐに収まらない。

酸素が足りず、口づけの合間に息を吸うと、掠れた声で言われる。

「アキがそんな姿、見せるから……っ」

「流星……、ちょ……っ、……ぅん、んんっ、……んん、ん、んぅ……っ、んんっ」

蹂躙《じゅうりん》するような激しさに戸惑いながら、まだ触れ合う時間は残っていると教えられる。

今すぐではない。まだ、流星を感じていられる。

再び伸《の》しかかられ、半ば強引に行為に誘われた。首筋に感じる彼の吐息が、アキの欲望を目覚めさせる。

くたくただが、躰はすでに応じていた。いや、自分からも求めていた。最後の夜をこのまま終わらせたくない。

永遠に明けて欲しくない夜があったなんて――。

「アキ、もう一回……、駄目か？」

「駄目じゃない、駄目じゃ……」

中心に手を伸ばされて、そこはビクビクと反応した。痙攣しながら透明な蜜を溢れさせている。流星の手を濡らしながら、アキは彼の躰に腕を回して抱き締めた。

「……流星、……朝まで……朝までしよう？　……ぁ……っふ、……っく」

「朝までか？」

「そう……、……朝、まで……、……はぁ……っ、……ぁ……あぁ……」

それから二人は、何度も躰を重ねた。

体位を変え、何度も絶頂を迎え、また一から愛し合った。

くたくたに疲れているが、心が満たされていると躰に残る疲労さえもいとおしく感じてしまう。愛する人を受けとめた証《あか》しを、いつまでも抱えていたい。

これほど朝が来るのが惜しいと思ったことはなかった。


次に目覚めた時、部屋は光で溢れていた。

流星の気配に視線を左に向けると、片肘をついて横になったままアキを眺めている。

朝の無垢《むく》な光が彼の端整な顔に注がれていて、昨夜アキを散々啼《な》かせた張本人だとは信じられないほど清らかだった。理知的な顔立ちは、造形のみならず中から滲み出るものがその魅力を大きくしている。

「おはよう、アキ」

「うん、おはよう」

最後の夜に彼と肌を合わせることができた喜びで、アキは満たされていた。きっと世界中で誰よりも幸せな一夜だったに違いない。しかし同時に、別れの時間が刻一刻と迫っているのも感じていて胸が締めつけられる。

「もうすぐ仲居さんが来るね。起きないと」

「そうだな。起きられるか?」

「平気」

たわいもない会話がいとおしくて、手放しがたくて、苦しい。

流星と出会ったおかげでいろいろなものを手にした。喜びや幸せ、驚き。アキの環境では手にできなかっただろうものは、数え切れないほどあった。

そして今、すべてを失う時が来ている。

二人は部屋で朝食を摂《と》ったあと、街に出た。今日も梅雨のさなかとは思えないほどの青空が広がっている。それを見ていると、何もかもが嘘のような気がしてきた。

流星が自分の父を殺したことも。その遺体を地下室の壁の中に埋めたことも。兄に見られたことも。脅迫されたことも。死体を移動させたせいで、さらに金の無心が進んだことも。

「今日は熱帯園でも行ってみるか」

「熱帯園？」

「温泉の熱を利用した動物園らしい。カピバラが温泉浸かってるの見たくないか？」

「見たい」

動物園ももちろん行ったことがなかった。学校の遠足で行く予定だったが、やはり父はそんな日は登校させてくれなかった。ただ「今日は学校休め」と言うだけだ。

「ねぇ。もしかしたら俺が子供の頃にできなかったこと、一個一個やってくつもり？」

「ん？」

とぼけられたが、その反応から図星だとわかって破顔する。あまりに大事にされすぎて、家庭環境が悪かったのはバランスを取るためのような気さえしてきた。

ありあまる幸せを抱えられるように、何も持たされなかっただけではないのかと。

「なんだよ」

「好きだよ、流星」

人が周りにいるのに、自然と言葉が出た。アキのストレートな愛情表現は、何事にも動じない流星から言葉を奪ったらしい。固まったまま黙りこくっている。

「そんなところが、好きなんだ」

ありったけの想《おも》いをつめ込んだ言葉を、できるだけ丁寧に、心を籠めて噛み締めるように言った。

届くだろうか。どれほど流星を好きなのか、わかってくれるだろうか。彼への想いそのものがアキを幸せにするほど好きだと、理解してもらえるだろうか。

どんなに言葉を尽くしても表現できないのが、もどかしくてならない。

「アキ、お前な……」

呆《あき》れたように、困ったように頭を掻いた流星は、独り言のようにつぶやいた。

「ここで抱き締めてキスしたら注目浴びるだろうな」

思わず笑うと、いきなり抱き締められる。

「ちょ……っ」

「しっ、黙ってろって」

耳もとで囁かれ、棒立ちのまま固まった。見ていく通行人もいるが、気にしない者も多い。

「俺のほうが好きに決まってるだろう」

「流星」

「逃げるぞ」

「あ、ちょっと……っ」

手を取られ、走らされた。人混みの中を駆け抜けていく。戸惑ったが、少し楽しくなってきた。大人になって全力で走ることはあまりない。

百メートルほど行ったところで角を曲がってようやく止まった。軽く息があがっている流星と目が合い、思わず笑う。子供の頃にいたずらした時は、こんなふうに逃げたものだ。

「……流星が、……はぁ……っ、あんなこと、する、なんて……っ」

「ははっ、久しぶりに走ったな。旅に出ると……っ、大胆に、なれるもんだな」

はぁ、と息を整えたあと、流星はアキの手を取って歩き出した。他人の目が気になるが、自分が思うほど観光客たちは二人の手元に気づいていない。

それから街を散策し、いったん旅館に戻って乗ってきたレンタカーで熱帯園に向かった。カピバラやラマなどの動物だけではなく、爬虫類《はちゅうるい》も数多く飼育されている。のんびりと見て回り、飲みものを買って休憩がてらベンチに座った。

時間を確認すると、そろそろここを出る時間になっている。

「どうかしたか?」

「さっきトイレに行った時にスマホ忘れてきたみたい。多分手を洗った時だ。ごめん、取ってくるから待ってて」

「一緒に行こうか?」

「いいよ、すぐ戻るから。それよりベンチ取ってて。あとでここで何か食べよう」

アキはそう言って立ち上がった。いよいよだ。いったんここを離れれば、流星と言葉を交わすことすらできなくなる。これが最後の会話だと思うと離れがたく、動けなくなった。

名残惜しい。手放したくない。もっと一緒にいたい。

「どうした? やっぱり一緒に行こうか?」

「あ、ううん。いいんだ」

もう少しだけ……、と訴える自分の気持ちを圧《お》し殺《ころ》して歩き出す。最後にもう一度ふり返った。何も知らずベンチでくつろぐ流星の姿が見える。

どうか、幸せに。

アキは祈った。

自分の選んだ道が流星を傷つけるだろう。けれども、いつかきっと乗り越える。乗り越えて、まっすぐな道を進んでいく。アキのせいで歪《ゆが》んだそれは、あるべき形へと戻っていく。

自分がいなくなったあとも、彼が笑顔でいられますように。

その姿を目に焼きつけた。兄とともにこの命を葬る瞬間、流星の姿をはっきりと思い浮かべられるように。

駐車場まで来ると、アキはポケットに手を入れた。そして、立ち止まる。

「え……？」

鍵がなかった。ここに来る時に車を運転したのはアキだ。そのまま持っていたはずなのに、ポケットは空だ。もう一度流星のところへ戻れば、再び彼を置いていくのは難しいだろう。

新たに車を借りるしかなかった。

スマートフォンで検索すると、運良く駅まで行かずとも近くにレンタカーの店がある。

アキは急いだ。店に飛び込み、なんでもいいからすぐに借りられる車をと伝える。免許証を提示し、書類にサインをしているところで待合室のテレビの音が耳に入ってきた。

思わず手をとめる。

『今朝見つかった男性の遺体は、都内在住の……』

見覚えのあるアパートがテレビに映っていた。兄の名前が表示されている。頭が真っ白になり、画面を喰い入るように見ていた。だが、別のニュースに切り替わる。

なぜ、このタイミングで兄が死ぬのだろう。

「あのー、何かわからないことでも?」

訝《いぶか》しげに声をかけてきた店員に詫び、いったんカウンターを離れてスマートフォンでニュース記事を探した。すぐに見つかる。

アキは目を見開いた。

「なんで……」

兄の死体が見つかったのは、今朝のようだ。家賃を集金しに行った大家が異変に気づき、中で倒れているのを発見して警察に通報した。死因は腹部を刺されたことによる失血死とされている。

呆然《ぼうぜん》となり、ふいに絆創膏の貼られた流星の手を思い出す。

「——流星……っ!」

急いで戻った。頭が整理できていないが、今ここで彼を捕まえなければならない。彼を見失ってはならない。そんな危機感に見舞われながら流星を捜す。

けれどもベンチにその姿はなかった。周辺を見て回ったが、無駄だった。

「どうして……」

息を切らしながらベンチまで戻ると、何か置かれていることに気づいた。心臓が跳ねる。

置き去りにされたそれは自分を呼んでいるようで、アキは一歩ずつ慎重に歩いていった。トクン、トクン、と鼓動を感じ、信じたくない現実へと近づいていく。

それがなんなのかわかった途端、息がつまった。軽く息を吸い、そっと手に取る。

ビスケットだった。

ヒュウ、と喉が鳴り、呼吸が上手《うま》くできなくなった。苦しい。どうしたらいいかわからない。

これが何を意味するのか。混乱して考えがまとまらない。

佇《たたず》んでいると、まるで見ているかのように着信が入る。

「流星っ？」

『ああ、アキ』

「流星……っ、今どこ……っ？」

『自首するよ』

唾を呑み込んだ。

混乱して言葉が出ないが、思い当たることが脳裏に浮かびあがってくる。

何者かに刺殺された兄。流星の手の怪我。なんの説明もなくただ自首するとだけ言う彼が何をしたのか、もうわかってしまった。

『俺が殺した。お前の親父さんだけじゃなく、お前の兄貴も』

「嘘だ。……そんなの、嘘だ……っ」

『本当だ』

「どうして……っ」

目と鼻の奥からぶわっと熱いものが込みあげてきて、涙が次々と溢れて頬を濡らす。躰が震えた。立っているのがやっとだ。

『実はな……』

そう言って流星は旅行に出る前の晩に、兄のところへ行ったと告白した。決着をつけるためだと。そして、なぜそうしようと決心したのか、それまでに重ねたアキの知らない二人のやり取りについて教えてくれる。

『自首しないってお前との約束な、あれ、破るつもりだったんだ』

わかっていた。だから、そうさせないよう兄とともに逝くことを決意したのに。

『お前の兄貴は見抜いてた。自首なんかしてみろって脅されたんだよ。そんなことをしたら、お前を道連れにするってな。金を払い続けろって。アキを離さないって。親父《おやじ》さんそっくりだったよ』

流星が父を殺したことも、遺体を移動させたことも、関係なかった。アキの存在そのものが脅迫のネタにされていた。だから、思いつめたのだ。自分ではなく、アキに害を及ぼす存在だからこそ葬らなければと決心した。

『もう、お前を縛るものは何もない。だから安心しろ』

「いやだ、……そんなの、いやだよ……っ」

『俺は、お前が幸せならそれでいいんだ』

「流星がいないと、幸せになんかなれないよっ！」

　まるで子供に駄々をこねられたように笑う彼の気配は、つい先ほどまですぐ傍で感じたものだ。ほんの少し前まで、一緒に笑っていた。キスもした。手も繋いだ。

　あんなに幸せだったのに。彼を幸せにしたかったのに。護りたかったのに。

『お前が笑ってるだけで、俺は救われるんだ』

「待って！　流星、電話切らないで！」

『じゃあ』

　プツリと音がし、ツー、ツー、ツー、と三回電子音が鳴って電話は切れた。

　どうして。

「流星……っ」

　アキは泣き崩れた。

　なぜ、旅行の誘いに応じたのだろう。思い出を作ってからなんて、甘えた考えがこの結果を招いた。兄と心中する計画を思いついた時、すぐに実行していれば流星は罪を重ねずに済んだ。それなのに、好きだったから。流星があまりに好きで、死ぬ前に思い出が欲しかったから。だから彼に猶予を与えたのだ。罪を犯すチャンスを。

　もしかしたら、アキが手をくだそうと決心したことに気づいていたのかもしれない。アキが先走らないよう、わざと思い出を作る機会を与えて、その日まで行動させなかった。

「うう……っ、流星……っ、……うう……っく、……流星……っ、——流星……っ！」

いとしい人の名前を叫び続けることしかできず、跪《ひざまず》いてただ泣き続けた。通行人のひとりが声をかけようと近づいてきたが、連れらしい男性に制されて立ち去る。

流星さえいればよかったのに。他には何もいらなかったのに。たったひとつの望みすら叶えてくれないこの世界が、恨めしくてならない。

空を見上げると、梅雨の時期とは思えないほど澄み切った色をしていた。ところどころ浮かぶ雲は優雅で、ゆったりと風に流されている。それが美しければ美しいほど、目の前の現実があまりにも過酷に思えて無力感に力が抜けていく。

何度も流星と見た空は、出会ったばかりの頃からずっと変わらない。それなのに二人を取り巻くものは、無邪気だった頃のままではいられなかった。

今も、あんなに綺麗なのに……。

アキは最後にもらったビスケットを、そっと抱き締めることしかできなかった。


若手検察官の起こした殺人事件は、大きく報じられた。

アキのところにもマスコミが押しかけてきて、しばらくマンションには帰れなかった。職場も知られており、周辺にカメラやマイクを持った人間で溢れた。

退職願を出したがすぐには受理されず、そうしているうちに別の大きな事件が起き、潮が引くようにアキの周りは静かになった。事件が世間から忘れ去られるのは、簡単だった。

しかし、世間の関心がなくなろうとも、流星の罪が消えることはない。流星が犯した罪の証拠は警察官の手により集められ、送検されて裁判の準備が進められる。流星が移動させたアキの父の遺体は、その自供どおり貸倉庫に保管されていた。すでに白骨化していたが、歯の治療痕で身元が特定されている。

アキは証人として裁判に出廷することになった。

二件の殺人は、どちらもアキを護るための犯行だ。どれほどひどい虐待を受けてきたのか、どれほどひどい家庭環境だったのか、弁護士は父の暴力の苛烈さを証明した。ヤングケアラーだったことを挙げ、そんな友達を長年見ていた流星がどんな思いで犯行に及んだのか、冷静に、かつ感情に訴えるやりかたで法廷を傍聴人の啜《すす》り泣きで満たした。

また、アキによる嘆願書も提出した。法的効力はないが、弁護側はその点でも減刑を狙っており、自首したことや罪を全面的に認めていることを理由に酌量を求めた。

しかし、二件目は現役検察官だった時に起こした事件で、社会的影響を無視するわけにはいかない。考慮すべき点は多く、裁判官は難しい判断を迫られただろう。

一年近く続いた裁判の結果、執行猶予なしの懲役十二年が確定した。

偶然にも、アキが流星と旅行に出かけた初日と同じ日だった。

あの日と違いその年は雨続きで、太陽は分厚い雲の向こうに隠れている。部屋の中にいても、憂鬱な空を感じる梅雨のまっただ中だった。


裁判が終わって十日が経っていた。

その日は朝から小雨が降っており、灰色の空に覆われた街は悲しみに濡れているようだった。歩道を歩く人や街路樹だけでなく、信号機や建物にいたるまで深く項垂《うなだ》れているように見える。

アキは流星の母親と前にも来た喫茶店で会っていた。

話がしたいと連絡してきたのは、彼女のほうだ。いざ目の前にするとなかなか言葉が出ず、息がつまる思いでなんとか謝罪の言葉を絞り出す。

「申しわけありません。なんてお詫びしたらいいいか」

あれから一年と少ししか経っていないが、ずっと歳《とし》を重ねたように見えた。それほどの気苦労があったのだろう。その姿を見て、申しわけなさに拍車がかかった。たった一人の息子を、あんな形で奪われたのだ。彼女にとってアキは息子の人生を狂わせた相手に違いない。

しかも、祖父所有の別荘を欲しがっていると相談を受けたあと、息子さんは大丈夫だとも言った。騙したのと同じだ。

あの時のことを思い出し、胸の奥がキリリと痛んで眉根を寄せる。

どう償えばいいかわからず、せめて彼女の怒りを正面から受け止めなければと、なじられる覚悟で彼女の言葉を待つ。

「あなたに恨みごとを言うためにお呼び出ししたわけではありません」

「え？」

アキは自分の耳を疑った。思考が停止したまま、動けなくなる。

昔から父の暴力の気配を感じると、必ず殴られた。身構えた瞬間、痛みや衝撃に襲われる。

そんな経験ばかりしてきたアキにとって彼女からのなんの責めの言葉もないのは、逆に心許なかった。不安が広がる。

じゃあ、なぜ呼び出したのだろう。

疑問は声にならなかったが、もう一度言われる。

「信じられないかもしれないですけど、本当に恨んでいないんです」

二回聞いても、やはりろくな反応ができないでいた。迷子の子供みたいな気分で答えを探す。

「お待たせしました」

ウエイトレスの声にハッとし、戸惑いを抱えたまま運ばれたコーヒーカップを眺めた。

店内は静かで、二人に関心を示す者はいない。聞き覚えのあるクラシックのＢＧＭに、カチャカチャと食器が微かに立てる音が載った。時折、接客する声が聞こえるだけで、他の客の会話はほとんどアキの耳には届かない。

「息子の裁判中は……」

「は、はい」

背筋を伸ばした。すると、緊張しているアキを見た彼女は少し寂しそうに笑う。

「裁判中はずっと流星のことを考えてました。いえ、あの子を通じて、親である自分たちについてふり返っていた気がします。流星にくだされた判決は、わたしたち夫婦に対するものだと思っているんです」

力なく気持ちを吐露する姿に、ゴクリと唾を呑み込んだ。

これは懺悔《ざんげ》だ。心のより所になれなかった母親の、深い反省が伝わってくる。なぜ彼女がアキを責めないのかがわかり、その苦しみに胸が痛んだ。

「流星のお父さんは、どうされてるんですか?」

ずっと気にしていたことだった。結局、一度も裁判を見に来なかった。事件が発覚したあと、退職したと聞いている。息子が事件を起こしたことへの責任だと。

「主人は流星をもう自分の息子ではないと。あんな事件を起こすような人間は、自分の息子を名乗る資格はないと言ってるんです」

「そんな……っ」

無慈悲とも言える決断に、失敗を許されなかった彼の日常がどれほど過酷だったのか、改めて目の当たりにさせられた気がした。その厳しさに、生真面目さに、流星はどれだけ苦しんできただろう。それを思うと、心臓をキリで貫かれたような痛みが走る。

こんなにもつらい環境で生きていたなんて。

「俺のせいです。流星の正義感は昔と変わりません。俺を助ける手立てが他になかったから、あんな手段に」

「わたしは主人に従うしかありません」

俯《うつむ》いたままそう告げられ、息を呑んだ。

父親だけでなく、母親である彼女までもが流星を見限るというのか。親である自分たちをふり返ったと言ったばかりではないか。それなのに、なぜ手を差し伸べないのだろう。

怒りと悲しみがぐちゃぐちゃに混ざってアキの中をいっぱいにしていた。そんな感情を抱く資格すらないのに。

「でも……っ」

「あの子を支えてあげられるのは、あなただけです」

静かな声だったが、怯《ひる》まずにはいられなかった。そこには誰をも黙らせる力が宿っている。

「わたしには資格がありません。面会に行っても、あの子は謝るだけで決して本音を口にしないんですから」

本当はアキが憎いはずだ。それでも息子の人生を狂わせたアキに託そうとするのは、流星が罪を犯してまで護った相手だからに違いない。夫に従いながら生きるしかない彼女の、最大限表せる息子への想いでもある。

「流星を全力で支えたいと思っています。いえ、支えさせて欲しいと思ってます。俺の人生に巻き込んだせいで罪を犯すことになったんですから。でも……」

アキは眉根を寄せた。感情が込みあげてきて、溢れるものを必死で堪える。

「まだ、一度も会ってくれません」

アキが流星と最後に会話を交わしたのは、旅行の日だった。裁判中は法廷でその姿を見られたが、それだけだ。流星が勾留されている警察署に何度も出向いて接見を試みたが、応じてくれたことは一度もない。

なぜ会ってくれないのだと、ここにはいない彼に訴える。

「諦めるつもりはありません。でも、何度行っても、手紙を書いても俺には……っ」

視界が涙で揺れた。唇を噛んで堪え、膝の上で拳を強く握り締める。永遠に会えない気がした。彼が最後に見せてくれた笑顔は、今もはっきりと思い出せるのに。

「どうして、会ってくれないんでしょうか」

そんな質問ができる立場でないのはわかっていた。けれども苦しくて、答えが欲しくて、つい口にしてしまう。すると彼女は、諭すように言う。

「あなたにだけは本気なのでしょう」

ハッとなり、顔を上げた。

「先ほども申しましたように、会ってもあの子は謝るだけなんです。上司だったかたも同じだったようです。誰にも心を開いていないんです。でも、あなたは違うんだと思います。何か覚悟みたいなものがあるんじゃないでしょうか」

「覚悟？」

「はい。あなたに会うと、その覚悟が揺らぐから会わないんだと思います。あなたはあの子がすべてをかけて護ろうとした人です。今も、会わないことで護ろうとしてるのだと」

目頭が熱くなり、アキは唇を噛んだ。

これ以上護る必要などないのに。十分護ってもらったのに。

涙を堪えていると、彼女は寂しそうに微笑《ほほえ》んでお辞儀をする。

「あなたが最後の希望です。わたしたちの代わりにあの子をお願いしますね」

アキに託すしかない彼女の心の張り裂ける音が聞こえてきそうだった。これは、彼女があえて自分に与えた罰なのかもしれない。その痛みを想像すると、心が激しく軋《きし》む。

アキは無言のまま深々と頭をさげた。どんな言葉もかけられなかった。

「それでは、わたしはこれで」

店を出ると、雨の中、彼女は傘を差して歩いていく。

しとしとと降り続くそれは、彼女の啜り泣く心がもたらしているように思えた。空が、彼女の心に寄り添って落涙している。

アキはその姿が見えなくなるまで見送り、駅へと向かった。流星と住んでいたマンションはとうに引き払っていて、今は単身者用のアパートへ引っ越ししている。思い出のある部屋を離れるのは寂しかったが、アキ一人では維持できない家賃だった。流星が刑期を終えて出てきた時のために、できるだけ貯金をしたい。

彼と再び暮らす日が来ると信じることが、すべての原動力と言ってもいい。

「ただいま」

誰もいない部屋に戻ると、郵便物を確認した。その中に、前の住所から転送されてきた手紙を見つける。桜の押印に心臓がトクンと鳴った。

刑務所から出す手紙は検閲され、桜の印が押される。流星からだ。

急いで座卓につき、軽く深呼吸してから封を開けた。指が震えて上手くいかない。

何が書かれてあるのだろう。

期待と不安とで、心臓がうるさく鳴っていた。いざ便せんを手にすると動きがとまる。早く内容を知りたいのに、怖くてすぐに開けられない。そこに綴《つづ》られているのが決別なのか、それともアキの望む未来なのか――。

目を閉じ、もう一度ゆっくりと深呼吸してから手紙に向き合う。

胸のところに心臓の存在をはっきりと感じたまま、彼の造形と同じく整った文字を目で追った。

『アキへ。

これが届く頃、俺は身柄を刑務所に移送されたあとだろう。これから長い時間をかけて罪を償っていくことになる。

裁判では証言してくれてありがとう。遺族側の証人であるアキが情状酌量を訴えたから、刑期が十二年で済んだ。随分と迷惑をかけたな。何度も来てくれたのに接見を断ったのも、悪かったと思っている。

お前の顔を見ると、決心が揺らぎそうなんだ。だから、手紙を書いた。最後まで読んで欲しい。

十二年は長い。

出所してももとの仕事には戻れない。犯罪歴がついた人間の再出発がどれだけ困難なのかもわかっている。自分が犯した罪の代償だと納得しているから、それは構わないんだ。

だけど、アキを巻き込みたくない。俺が傍にいるだけでも、お前にとってマイナスになる。

いつか、きっと疲れる。

そして何より、俺はお前を罪悪感で縛りたくないんだ。

お前は自分のせいで俺の人生が狂ったと思ってるだろう？　でも、違うんだ。俺がアキの家族を二人も手にかけたのは、俺自身のためなんだよ。それだけは忘れないでくれ。間違っても、自分のために俺が犯罪に手を染めただなんて思わないで欲しい。

お前がいたから、俺は生きてこられた。苦しかった時、お前が何度も救ってくれた。だから、俺のためにアキの笑顔を奪う人間を手にかけた。

それだけの理由だ。単純なんだよ。俺は俺のしたいことをした。結果、こうなった。ただ、それだけだ。

なぁ、アキ。二人で公園で遊んだの、楽しかったな。親父さんがいない時にアパートで宿題をしたのも。お前がいるところは、俺にとって楽園みたいだったよ。

もう十分すぎるほど幸せを貰った。アキが笑っているところを想像しただけで、幸せになれるくらいに。だから、お前の笑顔を奪う存在になる前に別れを告げようと思う。

俺のことは忘れてお前の人生を生きてくれ。

町田《まちだ》　流星』

息ができなかった。便せんを持つ手が微かに震えている。

うっく、と息を呑んだ瞬間、手紙のインクが滲んだ。

罪悪感なんかじゃない。縛られているつもりなどない。一緒にいたいから、流星といることが一番の幸せだから一緒にいたいのに。

精一杯の愛情を抱えた文字たちが、次々と輪郭を失っていく。

「俺も……っ、……っく、……同じだよ……っ、俺も同じなのに……っ」

アキは涙を拭い、涙で濡れた便せんを大事に封筒にしまった。そして棚から箱を出してきて、手紙をつめる。中には旅行の時に彼が最後に置いていったビスケットも入っていた。とっくに賞味期限が切れているが、食べることなどできるはずがない。

箱を棚に戻すと、レターセットを出して万年筆を握った。

まっさらな便せんは、言葉を綴られるのを静かに待っている。何を書いてもいいのだと言われているようだった。それは足跡のついていない雪のようで、新しい一歩を踏み出す者の前に広がる未来でもある。

どんな軌跡を描きながら歩いてもいい。そう信じたい。

『流星へ』

アキはそんな言葉で始めた。

終章

秋晴れの空が広がっていた。

夏の名残はどこにもなく、ただ深まっていくだけの季節は寂しさを感じさせる。午前中の光すらどこか哀愁を帯びていて、日常と切り離されて目に映った。けれども、そんな景色も心地よく感じる。

春ほど旺盛ではない。

夏ほど苛烈でもない。

冬ほど厳しくもない。

穏やかな時間がゆっくりと流れる季節は、うろこ雲が静かに移動するだけだ。窓から風が入り込み、カーテンがふわりと浮く。校庭からは、体育の授業を受ける生徒の号令やホイッスルの音が聞こえていた。それは、面談室の静けさをより際立たせている。

泣きながら流星《りゅうせい》へ手紙を書いたあの日から、約十年の月日が過ぎていた。

「君が悪いわけじゃないよ。だからそんなふうに思わなくていい」

アキは一人の子供と面談をしていた。

目の前に座る男子児童は、アキが働く小学校に通っている四年生だ。日に焼けて一見健康的に見えるが、どこか落ち着きがない。手をしきりに動かし、足をぶらぶらさせている。心が安定していないのが、それらの行動からも伝わってきた。保健医から渡されたここ一ヶ月の保健室利用状況を鑑みても、そう判断せざるを得ない。

「でも、お父さんが怒るんだ」

「そっか。学校でお腹《なか》が痛くなるのは、また怒られると思ったからかな？　お父さんに怒られることを想像しちゃった？」

頷《うなず》く男子児童に心を痛めるが、笑顔を絶やさないよう心がけ、彼の話に耳を傾ける。

アキは社会福祉士の資格を取ったあと、引き続き介護の仕事をしながら専門の教育課程を経てスクールソーシャルワーカーの仕事に転職していた。近年その重要性が注目されているものの雇用形態は一年契約が多く、まだまだ充実しているとは言えない。アキはいくつかの学校を掛け持ちしていた。

途中で目標を変えたのは、流星の家庭環境にも随分と問題があったと知ったことが大きく影響している。

自分のように明らかに家庭環境の悪い子供もいるが、一見恵まれていそうな家庭にも落とし穴はある。子供を追いつめるものがどこに隠れているかわからない。だから、気持ちを上手《うま》く言葉にできない子供のために、つらさをつらさと認識することすらできない小さな心に寄り添いたくなったのだ。

「お父さんは手を挙げるの？」

「ううん」

「嫌なことはされる？」

「無視される」

「そっか。口を利いてくれないのはつらいね。そんな時、お母さんはどうしてるの？」

「……何も」

流星を思い出さずにはいられなかった。家庭内の父親の力が大きすぎて、ただ耐えるしかないのだろう。小さな心が悲鳴をあげているのがわかる。

アキが待ち続けている人もこんなふうに心を痛めてきたのだと思うと、彼に対する愛情がより深くなる。

「それは悲しいね」

「いいよ、もう慣れたし」

「慣れちゃ駄目だよ。慣れなくていいんだ」

アキの言葉に男子児童は驚いた顔をした。そして、純粋な目で疑問をぶつけてくる。

「そうかな？」

「うん、そうだよ」

考え込む彼は、アキの言葉を噛《か》み締めているようだった。これまで何度か面談をしたが、ここまで心を覗《のぞ》かせてくれたのは初めてだ。だが、急いではいけない。

「ねぇ、もう教室に戻っていい？　勉強が遅れると父さんに叱られる」

「そっか。そうだね。戻っていいよ。でもまた話を聞かせて。次は金曜日に来るから」

「わかった」

聞き取りを終えると彼を教室に戻し、その状態をつぶさに書き出して小さな心を蝕《むしば》もうとしている原因について意見を述べた。担任教師への報告書も書き、両親との面談を要請する。ボールペンをしまったのと同時に、合唱の声が聞こえてきた。知っている曲だ。四年生の合唱コンクールで歌った。選曲で揉《も》めたが、流星がクラスメイトをまとめて決定したのをよく覚えている。

懐かしさに笑顔が漏れるが、寂しさは拭えない。いつも抱えている心の一部を削り取られた感覚がより強くなり、彼なしで過ごした日々をふり返る。

「十年、か」

刑が確定して最初の一年は本当に苦しかった。何度手紙を出そうとも返事はなく、接見も叶《かな》わない。流星への思いでいつも胸がはちきれそうで、ひとつも改善しない状況に苦悩する日々だった。手紙を読み返しては流星を忘れるなんてできっこないと思い知らされるばかりで、闇の中をひたすら光を求めて歩いていた気がする。

しかし、一年を過ぎる頃からこんな状態では彼を苦しめるだけだと思うようになり、手紙にしたためられたその想《おも》いにもう一度向き合った。そして、改めて流星なしの人生など考えられないと痛感し、決心した。

そこからだ。強くなるために自分の人生について考え直したのは。スクールソーシャルワーカーの仕事に興味を持ったのも、その頃だった。

「さ、戻るか」

アキはファイルを閉じ、面談室をあとにした。職員室に戻るが授業中のため教師の姿はほとんどなく、ガランとしている。教頭が待っていたとばかりに早足で歩いてきた。でっぷりとした腹がベルトに乗っていて、苦しそうだ。

「小川《おがわ》先生。終わりましたか？」

「はい、教室に帰しました」

「朝からすみませんね。今日はお休みだったのに来ていただいて」

「いえ、子供がつらい思いをしてるなら駆けつけますよ。それより、やはり問題は父親のようです。担任の戸田《とだ》先生への報告書は書いてありますが、後日話もさせてください」

頭を下げたが、教頭はあまりいい顔をしなかった。訝《いぶか》しく思っていると、アキの視線に気づき、慌てて言う。

「彼の父親は教育委員会に強いコネクションがあるかたなので、慎重に話を進めませんと」

「そんなことを気にしてる場合でしょうか。相手が誰であれ、子供を護《まも》るために動くべきでは？」

「それはあなたが責任ある立場でないから」

「子供たちの心の健康に対しては責任を持ってるつもりです」

教頭の言う責任とは、波風を立てず、騒ぎ立てず、といったところだろう。どの学校にもこういった考えの教員はいる。

その時、校長室の扉が開いた。淡いクリーム色のスーツを着た中年女性が顔を覗かせる。

「あ、校長先生」

アキの言葉に、教頭は気まずそうな顔をした。校長とは目を合わせようとはせず、この場から早く立ち去りたいという気持ちが伝わってくる。

「二人ともどうかされましたか？」

「いやぁ、なんでもありません。小川先生からカウンセリングの結果を聞いていたところで。では、わたしはこれで失礼します。目を通さなければならない書類があるので」

教頭がいなくなると、校長はにこやかに笑顔を浮かべながらアキに向かって歩いてきた。

「それでどうでした？　聞き取りは上手く行きましたか？」

「はい、少しずつですが、話をしてくれるようになりました。急がずにやろうと思います」

「そうですね。じっくりと取り組んでください。ところで教頭先生と揉めたのですか？」

鋭い問いに返事ができなかった。どう答えていいのかわからない。

「えっと……すみません。生意気な言いかたをして気分を害されたかもしれません」

「いいんですよ。意見はしっかり言わないと。あなたはあなたの仕事に全力を注いでください。面倒はわたしが引き受けますから」

心強かった。他の学校に比べてここのカウンセリングが順調なのは、彼女の力が大きい。

「小川先生も強くなられましたね。最初の年はちょっと頼りないところもあると思ってましたが、教頭に意見するなんて」

「すみません」

「褒めてるんですよ。さ、今日はお帰りになって。外せない用事があるんでしょう？」

「え？」

改めて言葉にされると急にそのことが現実味を帯びてきて、校長の顔を見たまま固まってしまっていた。

そうだ。今日はとても大事な用事がある。

躰《からだ》のほうはろくな反応もできないのに、心の中では高々と積みあげられた本が雪崩を起こしたみたいだった。両手で防ぐも、バランスを失い別のところが崩れる。とっ散らかっていて、感情がコントロールできない。

それも当然だ。十年も待ったのだから。

今日は、約二年を残すタイミングで仮釈放が認められた流星が出所する日だった。

「そんなに不安そうな顔をされて。何か心配ごとでも？」

「なんでもないんです。すみません」

「それならよかったです。では、また次のカウンセリングの日に」

「はい。お先に失礼します」

アキは彼女に頭を下げてから職員室をあとにした。誰もいない静かな廊下を歩きながら、自分の心音を聞いていた。ここ一ヶ月、指折り日にちが経《た》つのを待っていたのに、いざこの日になると戸惑いばかりが襲ってくる。

昇降口で靴に履き替え、授業中の児童たちがいる校庭を遠くから眺めた。自分もあんなふうに流星のいる時間を駆け回ったなと、思い出を蘇《よみがえ》らせる。

「流星、この日をずっと待ってたよ」

一度大きく息を吸い、校舎の中から一歩を踏み出した。

そのままバス停に行き、一時間ほどかけてかつて住んでいた街に向かった。近づくにつれて、懐かしさとともにさまざまな想いが蘇ってくる。

緊張、郷愁、不安、期待。

父と住んでいたアパートは取り壊されていた。見慣れないものもあり、昔とは違う風景に時間の経過を感じる。けれども流星とよく遊んだ公園はそのままだ。

「ブランコ、撤去したんだな」

時間を確認した。午前十時半を回ったところだ。ベンチに座ってひと息つく。けれども落ち着くどころか、心臓がトクトクと鳴っていた。今日という日が来たことを噛み締めずにはいられない。

結局、流星とは一度も会えないままこの日が来てしまった。手紙の返事も貰《もら》わないままだ。初めはいつまでも待っていると手紙で訴えた。接見にも何度も行った。けれども叶ったことはなく、手紙も読んでくれているかわからなかった。それでも書き続けた。自分の想いを。そして願いを。

最後に出した手紙には、ここで待っていると書いた。子供の頃、よく一緒に宿題をした場所だ。ここ以外、思いつかなかった。

本当は迎えに行きたかった。けれども、ただ押しかけるように捕まえても意味はない。流星が自分を許し、会いに来てくれない限り自分たちに未来はない。

これは賭けだ。

心を落ち着けるために、深呼吸をする。

その時、ベビーカーを押しながら公園に入ってくる親子に気づいた。ぼんやりとそれを眺める。赤ん坊に飲みものを飲ませる母親の優しさを見て、心に寂しい風が吹いた。

アキは注がれたはずの母の愛情を覚えていない。流星もうそれに触れられない。同じ痛みを抱える者同士、生きていきたいのに。

アキは目を閉じて、流星が来るのを願った。


昼のサイレンが鳴った。

来た時からほとんど動かなかったアキは、ゆっくりと視線を上げた。

静かな街をうっすらと覆うように鳴り響く日常の一部は、ただ時を知らせただけで消えていく。収監されていた刑務所からすぐにここに向かえば、到着している頃だ。けれどもまだ来ない。ここに来て一時間半。心臓は鳴りっぱなしだ。

だが、あと半日残っている。まだ時間はある。自分に言い聞かせて時が過ぎるのを待つ。

「流星……来てよ。お願いだから、来てくれ」

苦しくて、胸が潰れそうだった。

今日という日の残り時間が少なくなるにつれて、望まない現実がその輪郭をはっきりと浮かびあがらせてアキに迫ってくる。弱気になる心を何度も励まし、待った。

一分一秒が長く感じられ、何度も時計を見てしまう。

持ってきたペットボトルの飲みものがなくなった。すぐ近くの自動販売機で紅茶を買う。朝食べたきりだが、空腹は感じない。ただ、会いたいだけだ。

それからどのくらい経っただろうか。

学校帰りの子供たちで公園が賑《にぎ》やかになった。別のベンチに集まってゲームをしたり鬼ごっこを始めたりしている。アキが子供の頃とは遊びかたが少し変わったようだ。アキが子供の頃は誰かしらサッカーをしていたが、今はボールの跳ねる音は響かない。

しばらくそんな光景を眺めていたが、一人、また一人と子供たちは帰っていく。

太陽が西の空に傾き始めた。ぶるっとなり、身を縮こまらせる。風が変わった。諦めに取《と》り憑《つ》かれそうで、寒さに身を固くしながら子供の頃を思い出す。

『ほら、わけようぜ』

貰ったお菓子を二人で食べた場所。笑うことができた。懐かしい。

ふと思い立って、鞄《かばん》の中からビスケットを出した。十年前に彼から貰ったものだ。

「ねぇ、流星。またビスケット買ってよ」

賞味期限の切れたそれを大事に持っていたのは、そう言いたかったからだ。あの頃のように、再び流星と過ごす日々を迎えたかった。

けれども、もう来ないかもしれない。

「お願いだ……、流星」

風がさらに冷たくなり、子供の声も完全に消えた。みんな家に帰った頃だろう。オレンジ色に染まった公園に一人でいると、置き去りにされた気分になる。何もかもが頼りなく、安定しない。太陽が傾くにつれて諦めがアキの心を覆っていく。

残り数時間を待っても無理なのだと。来るならもう姿を見せているはずだと。

「まだ……大丈夫。……絶対に、流星は来る」

座っているだけでもつらいのに、立ち上がると自分が崩れてしまいそうで動けなかった。まるでトランプを三角に積みあげたタワーのようだ。

ひとたび風が吹けば、バラバラに飛んでいってしまう。

もう、諦めるしかないのか。

唇を噛み、眉根を寄せてビスケットの包みの文字が揺れるのを見つめる。

だが、次の瞬間、公園の出入り口にタクシーが停《と》まった。心臓がトクンと鳴る。中から人が降りてきて、夕陽《ゆうひ》が差し込む優しい光の中に長身の男性のシルエットが浮かびあがった。逆光になっていて顔がよく見えない。

期待しないよう、はやる気持ちを抑えた。人違いだったら、これ以上心を保てない。だが、顔が見えずともその立ち姿だけで、誰なのかわかる。

心臓がトクトクと音を立てているのを聞きながら、ゆっくりと立ち上がる。

「……流星……？」

なんて言おうか、ずっと考えていた。どんな言葉が彼に相応《ふさわ》しいだろうと。けれども、用意していたはずの言葉は消え、ただ彼を眺めていることしかできない。

そうしている間に、影はアキのほうへ歩いてきた。戸惑っていると、表情が見えるところまで近づいてくる。優しく笑いながら、アキだけを捉えている。

やはり流星だ。

すぐ目の前に来られ、流星を見上げながら懐かしい身長差に躰は覚えているものなんだと少し驚いた。彼を見る時、いつもこの角度だった。

「……アキ」

手を伸ばせば触れ合える場所で流星と会っているのが信じられない。本当に現実なのかと疑わしくなる。触れて確かめたいが、そうした途端、泡のように弾《はじ》けそうで怖かった。目の前の彼が、会いたいがゆえに己が創り出した幻影でない保証はない。

「アキ、なんて顔してるんだ」

「流星……っ」

声が掠《かす》れていた。出所して彼にかける第一声なのにこんな声なのが申しわけない。

「本当に……っ、流星……?」

「ああ。俺だ」

「……よか……っ、た……、……怖かった……、このまま、今日が終わったら……って」

目や鼻の奥に熱いものが込みあげてきた。もっとしっかり彼を見たいのに、視界が揺れる。

「これだけ手紙よこされて、無視できるわけないだろ」

手にしている紙袋の中には、山ほどの手紙が入っていた。アキがこの十年、送ったものだ。

全部、封が開けられているのがわかった。何度も読んだのも。

「全部、読んだよ。ったく、なんで待つんだよ。待つなって手紙に書いてたのに」

仕方ない奴《やつ》だと言わんばかりだった。駄々をこねる子供を見るような、優しい目だった。

「だって俺には……っ、流星がいない、人生なんて……考えられないから……っ」

ひっく、と子供のように息を吸い、呑《の》み込む。次々と溢《あふ》れる涙が頬を伝った。えら骨を通り、顎先から地面に落ちる。顔はぐちゃぐちゃだ。

「来ていいか迷ったんだ。本当にギリギリまで迷った。でも、俺がここに来なかったら、お前はいつまでも待ってそうだから」

流星は困ったように笑った。そして、溢れんばかりの愛情を言葉にしてくれる。

「アキがポツンと一人で俺を待ってる姿が浮かんだんだ。頭から離れなくなった。そしたら、お前のために身を引こうだなんて、ただの自己満足って気がしてきたんだよ。アキを傷つけるものから護りたくて罪を犯したのに、そんなことしていいのかって」

「……流星」

「この十年、お前は俺を諦めなかった。だから、その気持ちに応えるのが……」

言いかけて、流星の視線がアキが持っているビスケットの袋を捉える。一瞬、信じられないとばかりに目を見開き、爽やかな風が吹くように破顔した。

「まだ持ってたのか？　十年だぞ？　もう喰《く》えないだろ」

「また買ってもらおうと、思って。そんな日が来るって……っ、信じ、たくて……っ」

言葉をつまらせると、流星は『参ったな……』とばかりに笑いながら髪を掻《か》き上げた。だが次の瞬間、笑顔が崩れる。

「ほんと、なんて奴だよ。お前はいつだってそうだ。割れてても美味《おい》しいって言って、俺を救ってくれた時からそうだ。アキが本当に幸せそうな顔するから……っ、だから俺は……っ」

流星は噛み締めるように言ってから目を閉じ、ゆっくりと息を吸った。再び開けられた目には、覚悟を感じる光が宿っている。

「お前がどんな俺でもいいって言ってくれるなら……」

「――いいに決まってるだろ！」

感極まり、半ば叫ぶように言うと流星に抱きついた。彼を待ち続けた十年の月日が報われた瞬間だった。

「おかえりなさい……っ」

彼の肩口に顔を埋めた。この言葉を流星にかけられただけで満たされる。これから何度もこの会話を交わせるのだ。

そう思うと、たったひとことが尊く感じて目頭が熱くなった。

「おかえり、なさ……い」

「ただいま、アキ」

アキは、何度も同じ言葉を繰り返した。流星がビスケットを置いて去ったあの日から、約十年。ずっと待ちわびていたこの日を噛み締めずにはいられなかった。

本当に来たのだと。夢ではないのだと。

「おか、えり、なさ……っ、……おかえりなさい……っ」

「ただいま。待たせてごめんな」

「うん。……待ったよ。たくさん、待った……っ、だから……二人で、生きていこう?」

「ああ、お前と生きていくよ。アキとずっと一緒に生きていく」

抱き締め、流星の存在を確かめる。抱き締め返してくる彼の力強い腕に包まれ、張りつめていたものが解けていくようだった。彼の抱擁がアキを安心させる。

ああ、本当にこの日が来たんだね。

彼の肩越しに見える夕陽が綺麗《きれい》だった。鮮やかな色をしたそれは、子供の頃に彼と眺めたそれと少しも変わらない。

帰るのが惜しくて、沈まないよう祈ったあの頃の夕陽と……。

あとがき

こんにちは。もしくは、はじめまして。今回は煮つけBLに挑戦しました。

きっかけはSNSです。ある日いきなり煮つけBLという単語がトレンド入りしまして、煮つけBLとはなんぞや？　というところから始まりました。

愛のためならなんでもする二人ってのは、わたしが大好きな設定でございます。行きつく先は破滅しかないのでは？　というギリギリ感。それでも互いを想う気持ちは抑えきれず……。

これぞ究極の愛でございます。

実は今作から新しい担当様に変わったのですが、いきなりこんな難しそうな題材を持ち込んだにも拘わらず、根気強くご指導くださったおかげで、完成稿は初稿に比べて遥かにいい仕上がりになりました。鏃《やじり》を研いでいる気分です。

よっしゃ、いい仕上がり！　と思って提出するも、ここところの磨きが荒い、とアドバイスされて磨き直し。よし今度こそ！　と思っても、ここもまだ甘いですよ、とまた指摘される。足りない部分を明確にしていただくことで、さらに丁寧に磨くことができます。それを繰り返して、読者様の心にすっくと刺さるピカピカの矢を完成させるのです。

わたしが商業にこだわるのは、一人だったら完成度はもっと低かっただろうと思うことが多いからです。

もちろん、イラストの力も大きいのは言うまでもありません。一枚絵で作品全体の、シーンごとの雰囲気を伝えてくださるおかげで、完成度が飛躍的に上がりました。理想のキャラを具現化していただけるのも、商業ならではの喜びです。

担当様、イラストを担当してくださったミドリノエバ先生。この作品のためにお力を貸していただき、本当にありがとうございました。そして前担当様。今までありがとうございました。お教えいただいたことを忘れず、新しい担当様とともに仕事に励みたいと思います。

最後に読者様。わたしの本を手に取っていただき、ありがとうございます。皆様のおかげで、小説を書くという大好きな仕事を続けられております。この作品が、皆様に楽しい読書タイムをご提供できていれば幸いです。

それでは、また別の作品でお会いできますよう。

中原《なかはら》　一也《かずや》

この本を読んでのご意見、ご感想を編集部までお寄せください。

《あて先》〒141-8202　東京都品川区上大崎3-1-1　徳間書店　キャラ編集部気付
「夕陽が落ちても一緒にいるよ」係

【読者アンケートフォーム】

QRコードより作品の感想・アンケートをお送り頂けます。

Chara公式サイト http://www.chara-info.net/

■初出一覧
夕陽が落ちても一緒にいるよ……書き下ろし

Chara
夕陽が落ちても一緒にいるよ……【キャラ文庫】

2024年5月31日　初刷
著者　中原一也
発行者　松下俊也
発行所　株式会社徳間書店
〒141-8202　東京都品川区上大崎3-1-1
電話 049-293-5521（販売部）
03-5403-4348（編集部）
振替 00140-0-44392

印刷・製本　図書印刷株式会社
カバー・口絵　近代美術株式会社
デザイン　モンマ蚕（ムシカゴグラフィクス）

ISBN978-4-19-901132-0